www.ingramcontent.com/pod-product-compliance
Lightning Source LLC
LaVergne TN
LVHW050814051026
849532LV00008B/2992
* 9 7 8 9 3 6 9 0 8 2 3 2 2 *

چوری چوری

(بچوں کی کہانیاں)

م۔ ع۔ غم

Chori Chori *(Kids Stories)*

by: Meem Ain Gham

Edition: December '2024
Publisher :
Taemeer Publications LLC (Michigan, USA / Hyderabad, India)

ISBN 978-93-6908-232-2

9 789369 082322

کتاب	:	**چوری چوری** (بچوں کی کہانیاں)
مصنف	:	**م۔ع۔ غم**
صنف	:	ادب اطفال
ناشر	:	تعمیر پبلی کیشنز (حیدرآباد، انڈیا)
سالِ اشاعت	:	۲۰۲۴ء
صفحات	:	۶۴
سرورق ڈیزائن	:	تعمیر ویب ڈیزائن

فہرست

پیش لفظ

۱۹۶۱ء میں جب میں ہائی اسکول کا طالب علم تھا، میں نے پہلی کہانی لکھی جو بمبئی کے ہفت روزہ 'پائل' میں چھپی۔ بچوں کے لئے پہلی کہانی ۱۹۶۲ء میں لکھی جو 'وہ عورت' کے عنوان سے بچوں کے مقبول ترین رسالے ماہنامہ 'کھلونا' نئی دہلی کے اکتوبر-۱۹۶۲ء کے شمارے میں شائع ہوئی۔ اس کے بعد تعلیم کے ساتھ ساتھ کہانیاں لکھنے کا سلسلہ بھی جاری رہا۔ ہر موضوع پر طبع آزمائی کی۔ اب تک تقریباً ایک سو پچاس کہانیاں ملک کے مختلف رسائل میں شائع ہو چکی ہیں۔

آج بچوں کے لئے لکھنے والے بہت کم رہ گئے ہیں، جب کہ ضرورت اس بات کی ہے کہ بچوں کے لئے معیاری اور دلچسپ ادب زیادہ سے زیادہ تخلیق ہو اور اشاعت کے مرحلے سے گزر کر بچوں تک پہنچے اور ان کے ذہنوں کی نشو و نما کرنے اور ان کے کردار کو بنانے اور سنوارنے میں معاون ثابت ہو۔ زیر نظر کہانیاں اس مقصد کی تکمیل کس حد تک کرتی ہیں، اس کا فیصلہ قارئین ہی کر سکیں گے۔

اس مجموعے میں شامل سبھی کہانیاں ماہنامہ 'کھلونا' میں شائع ہوئی تھیں۔ مصلحتاً ہر کہانی کی اشاعت کا سنہ دے دیا گیا ہے۔ اس میں سے بیشتر کہانیوں کے ترجمے 'پراگ' (ہندی) اور 'پھلواری' (گجراتی) میں شائع ہو چکے ہیں۔

م۔ع۔ غم

مہمند گڑھی، شاہجہاں پور۔ اتر پردیش۔

وہ بوڑھا

مئی کی ایک چلچلاتی دوپہر تھی جب وہ عجیب الخلقت بوڑھا پچھم کی طرف کے گھنے جنگل میں سے نکل کر شیام پور گاؤں کی حدود میں داخل ہوا۔ وہ تنگ موری کا پاجامہ اور موٹے کھدر کا کرتہ پہنے ہوئے تھا۔ اس نے سر پر پگڑی باندھ رکھی تھی جس میں سے اس کے بہت زیادہ بڑھے ہوئے بال باہر نکلے ہوئے پیچھے کی طرف لٹک رہے تھے۔ چہرے پر گھنی مونچھیں اور داڑھی تھی۔ اس کی آنکھیں تیز چمکیلی اور رنگت گندمی تھی۔ لیکن اس حلیہ کے باوجود اس کے چہرے پر نرم دلی کے آثار واضح تھے۔

اس کی عمر ساٹھ سال سے کم نہ رہی ہوگی لیکن جسم میں سختی ابھی تک موجود تھی۔ اس کی چال بھی پر وقار تھی۔ وہ دھیرے دھیرے چلتا ہوا اس نالے کے پاس پہنچ گیا۔ جو عین گاؤں کے بیچ میں واقع تھا۔ وہ تھوڑی دیر تک کھڑا نالے میں بہتے ہوئے پانی کو دیکھتا رہا۔ پھر اس میں اتر گیا۔ پانی زیادہ نہیں تھا۔ وہ آسانی سے دوسرے کنارے پر پہنچ گیا۔ اب وہ سامنے کچھ فاصلے پر ایک گنجان درخت دیکھ رہا تھا جس کے تنے کے

چاروں طرف ایک چبوترہ بنا ہوا تھا اور اس پر چارپائیاں ڈالے کچھ لوگ بیٹھے ہوئے تھے۔وہ آہستہ آہستہ ان کی طرف بڑھنے لگا۔ اس کا سارا جسم پسینے میں نہایا ہوا تھا تھوڑی ہی دیر میں وہ بوڑھا اس پاکڑ کے درخت کے پاس پہنچ گیا۔ اسے دیکھ کر وہاں بیٹھے ہوئے لوگ ایک دم کھڑے ہو گئے اور حیرت سے اسے دیکھنے لگے۔ ان لوگوں میں کچھ جوان تھے اور کچھ زیادہ عمر کے اور ان کی تعداد آٹھ سے زیادہ نہیں تھی۔ آخر ان میں سے ایک شخص ' جس کی عمر چالیس سال کے لگ بھگ رہی ہوگی ' چبوترے سے اتر کر بوڑھے کے پاس آیا اور بولا ' میں اس گاؤں کا مکھیا ہوں بابا۔ آپ کون ہیں اور کہاں سے آئے ہیں،،۔

' میں ایک سیلانی آدمی ہوں۔ جس کا جو دل چاہتا ہے کہہ لیتا ہے۔ جھگڑوں اور برائیوں کو ختم کرنا میرا کام ہے۔ جہاں میری ضرورت ہوتی ہے ' میں وہاں پہنچ جاتا ہوں۔ ' بوڑھے نے نرمی سے جواب دیا اور پھر بڑبڑایا۔ لیکن میں یہاں کیوں آیا ہوں۔ یہاں تو سکون ہی سکون ہے۔

' میں سمجھا نہیں بابا۔ ' مکھیا نے حیرت سے کہا۔

' مجھے معلوم ہوا تھا کہ شیام پور ' جو ایک خوبصورت گاؤں ہے اور جہاں کے باشندے مہذب ' تعلیم یافتہ اور ملنسار ہیں ' آج کل جھگڑوں کا اڈہ بن کر رہ گیا ہے لیکن شاید یہ غلط ہے۔ '

' نہیں بابا یہ سچ ہے۔ ' مکھیا نے افسردہ آواز میں کہا۔ ' آپ میرے ساتھ آیئے۔ بڑی سخت دھوپ میں ہو کر آئے ہیں۔ گھر پر سب باتیں آپ کو بتاؤں گا۔ '

بوڑھا مکھیا کے ساتھ چل دیا۔ ان کے ساتھ تین جوان بھی ہو لئے مکھیا نے بتایا کہ وہ اس کے لڑکے ہیں۔ گھر پہنچ کر مکھیا نے اپنی بیوی کی مدد سے جلدی جلدی کھانے کا انتظام کیا اور جب بوڑھا کھانا کھا چکا تو مکھیا نے کہنا شروع کیا۔

' بابا ہمارے گاؤں جیسا خوبصورت اور صاف ستھرا گاؤں آس پاس کوئی دوسرا نہیں ہے۔ یہاں کے رہنے والے بڑے ہنس مکھ اور ایمان دار ہیں۔ ہماری فصلیں بھی ہمیشہ بڑی اچھی ہوتی ہیں۔ یہ ہماری محنت اور لگن کا ہی پھل ہے کہ ہمارے گاؤں میں

پاس پڑوس کے سب گاؤں سے پہلے بجلی کی روشنی آگئی ہے۔ ہمارے یہاں پانی کا انتظام بھی اچھا ہے۔ پڑھائی کے لئے آٹھویں درجہ تک ایک اسکول بھی ہے اور کبھی کبھی ہمارے بچے آگے پڑھنے کے لئے شہر بھی چلے جاتے ہیں۔ ہمیں کبھی کوئی دکھ نہیں رہا بابا... لیکن اب...... اب کچھ دن سے...... مکھیا کی آواز بھر آگئی۔

'مجھے بتاؤ مکھیا۔ شاید میں تمہاری کچھ مدد کر سکوں۔' بوڑھے نے کہا۔

'بابا گاؤں میں دو جوان ہیں۔ مرلی اور صابر۔ دونوں گھر کے اکیلے ہیں۔ یہ دونوں پہلوان ہیں اور گاؤں کے سب سے زیادہ طاقت ور جوان ہیں۔ اسی وجہ سے یہ دونوں ایک دوسرے سے اپنا لوہا منوانا چاہتے ہیں۔ لیکن کوئی بھی ہار نہیں مانتا۔ ان میں سے ہر ایک نے گاؤں کے چھ چھ سات سات جوانوں کو اپنا ساتھی بنا لیا ہے' جن میں روز کسی نہ کسی بات پر جھگڑا ہو جاتا ہے اور کبھی کبھی کوئی زخمی بھی ہو جاتا ہے۔ اگر کوئی سمجھانے کی کوشش کرتا ہے تو اس پر بگڑ جاتے ہیں۔'

'تم نے ان جھگڑوں کی خبر پولیس کو نہیں دی۔' بوڑھے نے پوچھا۔

'وہ دونوں خود ہی پولیس کو خبر نہیں کرنا چاہتے۔ گاؤں والے بھی سوچتے ہیں کہ اچھا ہی ہے۔ اگر پولیس نے ہمارے گاؤں میں آکر چھان بین کی تو ہم سرکار کی نظر میں برے ہو جائیں گے۔ ہمارے وہاں پہلے کبھی دنگے فساد نہیں ہوتے تھے۔'

'گاؤں والے دونوں میں کسے زیادہ پسند کرتے ہیں۔'

'گاؤں والوں کی نظر میں دونوں برابر ہیں۔ صابر پچھلے مکھیا کا لڑکا ہے اور مرلی ایک پنڈت جی کا۔ مکھیا اور پنڈت جی بڑے گہرے دوست تھے لیکن اب ان کے لڑکے ' مکھیا تھوڑی دیر کے لئے چپ ہو گیا پھر آہستہ سے بولا' 'گاؤں والے تو چاہتے تھے کہ یہ دونوں بھی ایک دوسرے سے مل جل کر رہیں لیکن ایسا نہیں ہو سکے گا کیوں کہ انہوں نے فیصلہ کر لیا ہے کہ -'

'کیا فیصلہ کر لیا ہے۔' بوڑھے نے مکھیا کی آنکھوں میں جھانکتے ہوئے پوچھا۔

' پرسوں چودھویں کی رات کو وہ دونوں گاؤں کے اکھاڑے میں کشتی لڑیں گے۔ جو ہارے گا وہ رات میں ہی ہمیشہ کے لئے گاؤں چھوڑ کر چلا جائے گا۔ اور

اگلی صبح سے اس کی چھوڑی ہوئی چیزوں پر جیتنے والے کا قبضہ ہو جائے گا۔'

'یہ تو واقعی بری بات ہے۔' بوڑھا بڑبڑایا 'تم نے انہیں اس سے باز رکھنے کی کوشش نہیں کی۔'

'میں نے منع کیا تھا لیکن وہ نہیں مانے۔ مجبوراً مجھے اجازت دینا پڑی۔ گاؤں والے سوچتے ہیں کہ کم سے کم اس طرح گاؤں میں پہلے جیسا سکون تو آجائے گا۔'

'خیر مکھیا تم فکر نہ کرو۔ میں کوشش کروں گا کہ وہ دونوں یہ جوا نہ کھیلنے پائیں۔' بوڑھے نے کہا اور کسی سوچ میں ڈوب گیا۔

اسی روز رات میں پاکڑ کے درخت کے نیچے چبوترے پر چارپائیاں بچھی ہوئی تھیں اور ان پر بوڑھا، مکھیا اور گاؤں کے کچھ خاص خاص آدمی بیٹھے ہوئے تھے۔ قریب ہی بجلی کا کھمبا لگا ہوا تھا اور اس میں لگے قمقمے کی تیز روشنی چاروں طرف پھیلی ہوئی تھی۔ بوڑھے کے آنے کی خبر گاؤں میں پوری طرح پھیل گئی تھی اور لوگ اسے دیکھنے کے لیے جوق در جوق چلے آرہے تھے۔ اس وقت بھی اس کے سامنے بہت سے گاؤں والے جمع تھے۔ بوڑھا انہیں بتا رہا تھا کہ انہیں ترقی کرنے کے لئے کیا کیا کرنا چاہئے اور کس طرح رہنا چاہئے۔ وہ ان سب سے ہنس کر باتیں کر رہا تھا اور گاؤں کے سیدھے سادے دیہاتیوں میں بالکل گھلا ملا نظر آرہا تھا۔

گاؤں والوں کی بھیڑ میں تھوڑی دیر کے لئے مرلی اور صابر بھی نظر آئے تھے اور مکھیا نے بوڑھے کو اشارہ سے ان کے بارے میں بتایا تھا۔ دونوں کے بدن گٹھے ہوئے اور سڈول تھے۔ ناک نقشہ اور رنگ روپ بھی اچھا تھا۔ بوڑھے نے ان سے باتیں بھی کی تھیں اور اس نتیجہ پر پہنچا تھا کہ دونوں پڑھے لکھے ہیں لیکن ان کی طبعیتوں میں ضدی پن ہے اور انہیں اپنی طاقت پر گھمنڈ بھی ہے۔

اس روز گئی رات تک پاکڑ کے درخت کے پاس بنے ہوئے اکھاڑے میں گاؤں کے جوان بوڑھے کے سامنے اپنے کھیلوں کا مظاہرہ کرتے رہے۔ کشتیاں لڑی گئیں پٹے بازی بھی ہوئی اور بہت سے دوسرے کھیل بھی کھیلے گئے لیکن مرلی اور صابر

ان میں حصہ لینے کے لئے وہاں موجود نہیں تھے۔

بوڑھے نے کھیا سے مرلی اور صابر کے گھر کا پتہ معلوم کر لیا تھا۔ اگلے روز صبح سورج کی پہلی کرن پھوٹنے سے پہلے وہ صابر کے گھر پہنچ گیا۔ صابر لنگوٹ باندھے ہوئے گھر سے باہر نکلا۔ شاید وہ ابھی ابھی ورزش سے فارغ ہوا تھا۔ اس نے بوڑھے کو سلام کیا اور پھر پوچھا، کہئے بابا کیسے تکلیف کی۔'

' بیٹے مجھے تمہارے اور مرلی کے آخری مقابلے کے بارے میں معلوم ہوا تھا۔ تم لوگ نہیں جانتے کہ تم کیسی نادانی کرنے جارہے ہو۔ تم میں سے کسی کا بھی گاؤں سے جانا اچھا نہیں ہوگا۔ تمہاری ضرورت تمہارے گاؤں کو ہے، تمہاری زمین کو ہے، سارے گاؤں والے چاہتے ہیں کہ تم اور مرلی بھائیوں کی طرح مل جل کر رہو۔ اور پھر جس زمین پر تم پیدا ہوئے، بڑھے اور جوان ہوئے، اسے چھوڑ کر تم چلے بھی کس دل سے جاؤ گے۔ اس لئے بیٹے تم یہ مقابلہ روک دو۔ اس سے فائدہ نہیں، نقصان ہی نقصان ہے۔'

' بابا میں معافی چاہتا ہوں۔' صابر نے دھیمی آواز میں کہا۔ ' آپ مجھے کوئی دوسرا حکم دیجئے میں ضرور مانوں گا۔ لیکن یہ مقابلہ ضرور ہوگا۔ اسے کوئی نہیں روک سکتا۔'

تھوڑی دیر کے لئے ایسا معلوم ہوا جیسے بوڑھے کو غصہ آگیا ہو۔ اس کا چہرہ سرخ ہو گیا۔ لیکن فوراً ہی وہ پھر پر سکون نظر آنے لگا۔ 'کوئی بات نہیں بیٹے۔ لیکن میری دعا ہے کہ تمہاری عقلوں پر پڑے ہوئے پردے جلد ہی ہٹ جائیں۔' بوڑھے نے کہا اور وہاں سے چل دیا۔

بڑی دیر تک وہ گاؤں میں ادھر ادھر گھوم کر وہاں کے لوگوں سے ملتا رہا۔ آخر دوپہر سے کچھ پہلے ایک آم کے باغ میں اس کو مرلی اپنے کچھ ساتھیوں کے ساتھ بیٹھا دکھائی پڑ گیا۔ بوڑھے نے اشارے سے اسے الگ بلایا اور اسے بھی بڑی دیر تک وہی سب کچھ سمجھاتا رہا، جو صابر کو سمجھانے کی کوشش کی تھی۔ لیکن مرلی نے بھی یہی

جواب دیا کہ مقابلہ ضرور ہوگا۔ اسے کوئی نہیں روک سکتا۔ بوڑھے کو شاید اسی جواب کی امید تھی، اس لئے اس کے چہرے پر کوئی تبدیلی نہیں ہوئی۔

'میری دعا ہے کہ خدا تمہارے اور تمہارے گاؤں پر کوئی برا وقت نہ پڑنے دے۔' اس نے مرلی کی آنکھوں میں جھانکتے ہوئے پر سکون آواز میں کہا اور مکھیا کے گھر کی طرف واپس چل دیا۔

اگلے روز جب سورج ڈوب گیا اور چاروں طرف اندھیرا چھا گیا۔' بجلی کی روشنی سارے گاؤں میں پھیل گئی اور تھوڑی دیر بعد چودھویں کا چاند آہستہ آہستہ ابھر کر اوپر آنے لگا تو گاؤں کے قریب قریب سب ہی بوڑھے اور جوان پاکڑ کے درخت کے پاس بنے اکھاڑے کے چاروں طرف اکٹھا ہو گئے۔ وہ سب نیچی آوازوں میں ہونے والے مقابلے کے بارے میں باتیں کر رہے تھے۔ ان کی آوازوں کی بھن بھن سے ایک عجیب طرح کا شور پیدا ہو رہا تھا۔ زیادہ تر لوگوں کے چہرے اترے ہوئے تھے جیسے وہ نہ چاہتے ہوں کہ یہ مقابلہ ہو۔

مرلی اور صابر بھی اکھاڑے میں کھڑے ہوئے تھے۔ ان کی لاٹھیاں اکھاڑے کے باہر پڑی ہوئی تھیں۔ انہوں نے لنگوٹ کس رکھے تھے اور اس چبوترہ کی طرف دیکھ رہے تھے، جہاں مکھیا، بوڑھا اور کچھ دوسرے لوگ بیٹھے تھے کہ کب مکھیا اشارہ کرے اور کب وہ مقابلہ شروع کریں۔ کبھی کبھی ان کی نظریں آپس میں بھی ٹکرا جاتیں لیکن فوراً ہی وہ اس طرح ادھر ادھر دیکھنے لگتے جیسے غلطی سے آنکھیں چار ہو گئی ہوں۔

تھوڑی دیر میں چاند کافی اوپر آگیا۔ مکھیا نے کھڑے ہو کر لوگوں کو چپ ہونے کا اشارہ کیا اور پھر بولا، دوستو... ' لیکن اس سے آگے وہ کچھ نہ کہہ سکا کیوں کہ ٹھیک اسی وقت بہت سے آدمیوں کی ملی جلی چنگھاڑ سنائی دی۔

'کہاں ہے وہ مرلی کا بچہ۔ بڑا پہلوان بنتا ہے۔ نکل کے آ سامنے۔ تیری بوٹی

بوٹی نہ کی تو کچھ نہ کیا۔'

وہاں جمع سارے لوگ اس طرف دیکھنے لگے جدھر سے آوازیں آرہی تھیں۔ پورب کی طرف تھوڑے فاصلہ پر کچھ آدمی ہاتھ میں لاٹھیاں لئے نظر آئے۔ شاید وہ لوگ سامنے کے باغ میں سے نکل کر آئے تھے۔ کھیتوں میں پھیلی ہوئی چاندنی میں انہیں صاف دیکھا جا سکتا تھا۔ ان کی تعداد دس سے کم نہ رہی ہوگی ان سب کے چہرے نقابوں میں چھپے ہوئے تھے۔ وہ سب ایک ساتھ مرلی کو سامنے آنے کے لئے للکار رہے تھے۔ آخر مرلی نے پھرتی سے اکھاڑے کے باہر پڑی ہوئی اپنی لاٹھی اٹھائی اور ان کی طرف دوڑ پڑا۔ اس کے پیچھے کچھ دوسرے جوان بھی لاٹھیاں لے کر لپکے۔ ان میں سے کچھ تو مرلی کے ساتھی تھے اور کچھ گاؤں کے دوسرے لوگ۔ باقی گاؤں والے کچھ سمجھ ہی نہ سکے اس لئے وہ بوکھلاہٹ میں اپنی جگہ پر کھڑے رہ گئے۔

مرلی اور اس کے ساتھی حملہ آوروں تک پہنچ چکے تھے اور لاٹھیاں چلنے لگی تھیں۔

اسی وقت بوڑھا بڑی پھرتی سے چبوترے سے کود کر اکھاڑے میں پہنچا۔ صابر حیران حیران سا وہاں کھڑا سامنے چھڑی ہوئی لڑائی کو دیکھ رہا تھا۔ بوڑھے نے اس کے کاندھے پر ہاتھ رکھ کر کہا۔

' بیٹے یہ وقت تماشہ دیکھنے کا نہیں ہے۔ مرلی لاکھ تمہارا دشمن سہی لیکن تمہارے گاؤں کا آدمی ہے۔ اس وقت اس پر دشمنوں نے حملہ کیا ہے۔ ذاتی بھید بھاؤ کو اس وقت بھول جاؤ اور اپنے آدمیوں کے ساتھ اس کا ہاتھ بٹاؤ۔ جاؤ۔ شاباش۔'

بوڑھے کے الفاظ میں نہ جانے کیا جادو تھا کہ صابر نے ایک دم لاٹھی اٹھائی اور اپنے ساتھیوں سے آنے کے لئے کہہ کر لڑنے والوں کی طرف دوڑ پڑا۔ اس کے ساتھیوں کے ساتھ گاؤں کے کچھ دوسرے لوگ بھی مدد کو پہنچ گئے۔

اب بوڑھا حیرت انگیز پھرتی سے دوڑتا ہوا خود بھی وہاں پہنچ گیا۔ مرلی، صابر اور اس کے ساتھیوں نے حملہ آوروں کو گھیر لیا تھا اور ان پر لاٹھیاں چلا رہے تھے کئی حملہ آوروں کے لاٹھیاں پڑ گئی تھیں اور وہ خود کو سنبھالنے کی کوشش کر رہے تھے۔

'ٹھہرو۔ تم سب اپنے ہاتھ روک لو، لاٹھیاں چلانا بند کردو۔ ہٹو ایک دوسرے سے دور ہٹو۔' بوڑھا چلا رہا تھا لیکن یہ بوڑھے کی وہ آواز تو معلوم نہیں ہو رہی تھی، جسے گاؤں والے اب تک سنتے رہے تھے۔ اس وقت اس کا چہرہ حد درجہ خوفناک لگ رہا تھا اور اس کی آواز کسی وحشی درندہ کی غراہٹ معلوم ہو رہی تھی، حملہ آوروں نے لاٹھیاں پھینک دیں اور پھر مرلی' صابر اور ان کے ساتھیوں نے بھی ہاتھ روک لئے۔

'تم میں سے کوئی بھاگنے کی کوشش نہ کرے، بوڑھے نے حملہ آوروں سے کہا اور پھر سب کو واپس جگہ پر چلنے کا اشارہ کیا۔

حملہ آوروں کو گھیرے میں لے کر وہ سب اکھاڑے کے پاس آ گئے۔ مکھیا اور چبوترے پر بیٹھے سبھی لوگ ابھی تک وہیں موجود تھے اور ان کے چہروں پر دوسرے گاؤں والوں کی طرح بوکھلاہٹ اور بدحواسی کے آثار بھی نہیں تھے۔ بوڑھا بھی وہیں پہنچ گیا۔ حملہ آوروں کو چبوترے کے پاس ایک قطار میں کھڑا کر دیا گیا۔ ان کے چہرے ابھی تک نقابوں میں چھپے ہوئے تھے۔ ان کے سامنے تھوڑے فاصلہ پر مرلی اور صابر کھڑے ہوئے تھے۔ باقی گاؤں والے چاروں طرف اکٹھا تھے۔

کیوں مرلی کیا تم بتا سکتے ہو کہ یہ لوگ کون ہیں۔' بوڑھے نے حملہ آوروں کی طرف اشارہ کرکے مرلی سے پوچھا۔

'یہ' مرلی نے حقارت سے انہیں گھورتے ہوئے کہا، 'سامنے کے رجپورہ گاؤں کے بدمعاش ہیں۔ کچھ دن پہلے وہاں کے ایک آدمی سے میرا جھگڑا ہو گیا تھا۔'

'تم لوگ اپنے مونہہ کھول کر مرلی کو دکھاؤ۔' بوڑھے نے حملہ آوروں سے کہا۔

حملہ آوروں نے چہرے سے نقاب ہٹا دیئے اور سب کے منہ سے بے ساختہ ارے نکل گیا۔ 'یہ تو۔ یہ تو ہمارے ہی گاؤں کے جوان ہیں۔' مرلی ہکلایا۔

واقعی حملہ آوروں میں تین تو مکھیا کے لڑکے تھے اور باقی گاؤں کے دوسرے جوان۔

'ہاں یہ ہمارے ہی گاؤں کے سیدھے سادے جوان ہیں اور یہ تمہیں صرف یہ بتانا چاہتے ہیں کہ جس طرح ہم نے تم پر حملہ کیا ہے اسی طرح دوسرے بھی کر سکتے ہیں۔ یہ سب تمہیں اور صابر کو بھائی بھائی کی طرح مل کر رہتے دیکھنا چاہتے ہیں۔ ان کی معصومیت دیکھو کہ اس کے لئے اپنی جان تک دینے کو تیار ہیں۔ انہیں دیکھو۔' بوڑھے نے حملہ آوروں میں سے چوٹ کھائے ہوئے جوانوں کی طرف اشارہ کیا، 'یہ تمہارے ساتھی ہیں لیکن تمہاری لاٹھیوں سے زخمی ہوئے ہیں صرف اس لئے کہ تم صحیح راہ پر آسکو۔ لیکن تم خود غرض ہو۔ تم دونوں اپنی طاقت کے گھمنڈ میں اور ذاتی بھید بھاؤ میں پڑ کر بھول گئے کہ تم میں سے کسی ایک کے بھی گاؤں سے چلے جانے پر کیا نقصان ہوگا۔ آج تم میں سے ایک ہار کر گاؤں چھوڑ دے گا۔ کل کوئی دوسرا اس کی جگہ لے لے گا۔ پھر تم دونوں میں جھگڑا ہوگا۔ پھر کسی کو گاؤں سے جانا پڑے گا اور اس کی جگہ بھی کوئی دوسرا آجائے گا۔ اس طرح تم اپنی طاقت کو کم کرتے جاؤ گے اور پھر ایک وقت وہ آئے گا کہ تمہارے دشمن تمہاری کمزوری سے فائدہ اٹھا کر پورے گاؤں پر حملہ بول دیں گے اور تمہیں اپنی اس زمین کو جسے قدرت نے اتنا زرخیز بنایا ہے اور اپنے اس گاؤں کو جسے اتنا خوبصورت بنانے میں تمہارے باپ دادا نے اپنا خون پسینہ ایک کر دیا، چھوڑ کر بھاگنا پڑے گا۔ لیکن تم دونوں ان باتوں کو کیا سمجھوگے۔ تمہاری عقلیں تو اندھیرے میں بھٹک رہی ہیں۔' بوڑھا کسی خونی درندے کی طرح غرا رہا تھا۔ آخر وہ دھاڑا، 'اٹھاؤ تم دونوں لاٹھیاں اور ایک دوسرے کو پاش پاش کر دو۔ چلو اٹھاتے کیوں نہیں لاٹھیاں۔ کیا بہرے ہو گئے ہو۔'

بوڑھا چلاتا رہا لیکن مرلی اور صابر کے جسموں میں حرکت نہ ہوئی۔ وہ لاٹھیاں زمین پر ٹکائے کھڑے رہے۔ شاید مرلی سوچ رہا تھا کہ ابھی ابھی صابر نے اس کی جان بچانے کی کوشش کی تھی، وہ اس سے کیسے لڑے اور ہو سکتا ہے کہ صابر سوچ رہا ہو کہ ابھی تو اس نے مرلی کی مدد کی تھی پھر اب وہ اس سے دشمنوں جیسا برتاؤ کیسے کرے۔ وہ دونوں گم صم کھڑے رہے۔ ایسا معلوم ہو رہا تھا جیسے وہ جیتے جاگتے انسان نہ ہوں بلکہ زمین میں گڑے ہوئے پتھر کے مجسمے ہوں۔

'میں جانتا ہوں کہ اب تم دونوں نہیں لڑو گے۔' بوڑھا بولا۔ لیکن اب اس کی آواز پہلے جیسی پر سکون ہو چکی تھی۔ اب تمہاری عقلوں پر پڑے ہوئے پردے سرک رہے ہیں۔ تم اندھیرے سے اجالے میں آ رہے ہو۔ چلو میرے بچو، لاٹھیاں پھینک دو، اور ایک دوسرے کے گلے لگ جاؤ۔ چلو۔شاباش۔'

اور پھر مرلی اور صابر کے جسموں میں حرکت ہوئی، دونوں ایک دوسرے کی طرف مڑے۔ تھوڑی دیر تک ایک دوسرے کی آنکھوں میں جھانکتے رہے' پھر لاٹھیاں چھوڑ کر ایک دوسرے کے گلے لگ گئے اور بچوں کی طرح پھوٹ پھوٹ کر رونے لگے۔ گاؤں والوں کی سسکیوں کی آواز مرلی اور صابر کے رونے پر بھی حاوی تھی۔

مکھیا بوڑھے سے لپٹ گیا اور رندھے ہوئے گلے سے بولا، 'بابا آپ ہمارے لئے رحمت کا فرشتہ ہیں۔ ہم آپ کا احسان کبھی نہیں بھول سکتے۔'

اور پھر اس روز بڑی رات تک گاؤں کے جوان خوشی میں ڈوب کر دیہاتی گیت گاتے رہے اور ناچتے رہے۔

اگلی صبح مکھیا نے گاؤں والوں کو بتایا کہ رات میں جب وہ سو رہا تھا، بوڑھا گاؤں چھوڑ کر چلا گیا۔ سب کو بوڑھے کے جانے کا برا دکھ ہوا۔

اس واقعہ کو بہت دن گزر گئے۔ لیکن جب بھی پورے چاند کی رات ہوتی، شیام پور گاؤں کے جوان اکھاڑے میں جمع ہو کر کشتیاں لڑتے اور مرلی اور صابر استادوں کی طرح انہیں نئے نئے داؤ پیچ سکھاتے تو وہاں کے لوگوں کو وہ بوڑھا ضرور یاد آ جاتا جو انہیں ایک ایسی روشنی دے گیا تھا، جس نے ان کے گاؤں میں پھیلے ہوئے تمام اندھیروں کو مٹا دیا تھا۔ اور شاید مرلی، صابر اور گاؤں کے دوسرے لوگوں کا بوڑھے کی نصیحتوں پر عمل کرنے کا ہی نتیجہ تھا کہ ایک ہی سال بعد سرکار نے شیام پور کو صوبہ کا سب سے اچھا گاؤں ہونے کی سند عطا کر دی۔

اجنبی کی واپسی

یہ اس زمانے کا قصہ ہے جب ہندوستان میں بہت سی ریاستیں رجواڑے موجود تھے۔

ان دنوں ایک ریاست تھی مادھوپور۔ ریاست کے ایک سرے پر ایک چھوٹی سی بستی تھی۔ بستی کے قریب ایک دریا بہتا تھا۔ یہ دریا مادھوپور کی پڑوسی ریاست علی پور سے ہو کر آتا تھا۔ کچھ میل پیچھے تک اس کی رفتار یقیناً تیز رہی ہوگی، لیکن بستی کے قریب زمیں کا ڈھال بہت کم ہو گیا تھا۔ اس لئے یہاں پر دریا بھی بہت ہلکی رفتار سے بہتا تھا۔ بستی میں رہنے والے مچھیروں کی روزی اسی دریا سے چلتی تھی۔

بستی میں فضلو نام کا ایک شخص اپنی بیٹی رضیہ کے ساتھ رہتا تھا۔ رضیہ کی عمر سولہ سال کے لگ بھگ ہوگی۔ وہ بڑی رحم دل لڑکی تھی، فضلو بڑھئی تھا، لیکن اسے مچھلی کے شکار کا بڑا شوق تھا۔ جب اسے اپنے کام سے فرصت ملتی، جال لے کر کنارے کے کسی الگ تھلگ حصے میں چلا جاتا اور شکار کھیلا کرتا۔

ایک دن فضلو صبح کا نور پھیلنے سے پہلے ہی دریا کے کنارے پہنچ گیا۔ جال کو پانی میں ڈالنے کے تھوڑی ہی دیر بعد اسے ایسا لگا جیسے کوئی طاقت ور چیز اس کے جال کو

آگے کی طرف کھینچ رہی ہے۔ فضلو ڈرا کہ کہیں کوئی دریائی جانور تو جال میں نہیں آگیا کیوں کہ بہت بڑی مچھلیاں تو دریا میں تھیں ہی نہیں۔ کنارے پر کوئی دوسرا شخص فضلو کی مدد کو موجود نہیں تھا، آخر اس نے خود ہی ہمت کی اور زور لگا کر جال کو باہر کھینچ لایا۔ پھر یہ دیکھ کر اس کی آنکھیں حیرت سے پھٹ گئیں کہ جال میں ایک خوبصورت جوان پھنسا پڑا تھا۔ اس کے کپڑے تار تار ہو چکے تھے اور چہرے پر مردنی چھا گئی تھی۔ فضلو نے جلدی سے اس اجنبی جوان کو جال سے آزاد کیا اور اسے اپنے کندھے پر ڈال کر تیزی سے گھر کی طرف چل دیا۔

گھر پہنچ کر اس نے اجنبی کے پیٹ سے پانی نکالنے کی ترکیبیں شروع کر دیں۔ تھوڑی دیر میں یہ واقعہ بستی کے سبھی لوگوں کو معلوم ہو گیا اور وہ بے ہوش اجنبی کو دیکھنے کے لئے آنے لگے۔

فضلو نے اجنبی کے بھیگے اور پھٹے ہوئے کپڑے بدل دئے۔ بستی میں ایک وید جی رہتے تھے۔ فضلو ان سے اجنبی کے لئے دوا لے آیا اور کسی نہ کسی طرح اس کو اجنبی کے حلق کے نیچے اتارتا رہا۔ ساتھ ہی تھوڑا گرم دودھ بھی اسے پلاتا رہا اجنبی کے بائیں کندھے کے قریب پیٹھ پر کسی تیز دھار دار ہتھیار کا زخم تھا۔ فضلو نے اس پر پٹی باندھ دی تھی۔

دوپہر کے قریب اجنبی کو تھوڑی دیر کے لئے ہوش آیا لیکن وہ کسی سے بات نہیں کر سکا۔ بس چند لمحوں تک ویران آنکھوں سے خلاء میں گھورتا رہا اور پھر اس پر دوبارہ غشی طاری ہو گئی۔

شام ہونے تک بستی کے سبھی لوگ اجنبی کو آکر دیکھ گئے سورج ڈوبنے کے بعد اس کے پاس صرف فضلو اور رضیہ رہ گئے، اجنبی کوٹھری میں پڑے ہوئے پلنگ پر لیٹا تھا۔ چہرے کو چھوڑ کر اس کا سارا جسم رضائی میں چھپا ہوا تھا۔ موسم ہلکی ہلکی گرمیوں کا تھا، لیکن بہت دیر تک پانی میں رہنے کی وجہ سے اجنبی کا جسم برف کی طرح ٹھنڈا پڑ گیا تھا۔

رات چڑھتی رہی، فضلو اور رضیہ اجنبی کی دیکھ بھال کرتے رہے۔ کبھی کبھی زخم

میں ٹیس اٹھنے کی وجہ سے اجنبی کسمسانے لگتا تو فضلو اور رضیہ بے چین ہو جاتے۔ وہ گھبرائی نظروں سے ایک دوسرے کی طرف دیکھتے۔ لیکن جب تھوڑی ہی دیر میں اجنبی پھر پر سکون ہو جاتا تو وہ اطمینان کے سانس لے کر اس کی رضائی ٹھیک کرنے لگتے۔

جب کافی رات ہو گئی تو فضلو نے رضیہ سے سو جانے کے لئے کہا۔ لیکن نیند رضیہ کی آنکھوں سے کوسوں دور تھی۔ وہ بیٹھی رہی۔ کافی وقت گزرنے کے بعد فضلو اور رضیہ کو خیال آیا کہ اجنبی کو دوا پلائے دیر ہو چکی ہے۔ رضیہ نے پیالی میں دوا گھولی۔ فضلو نے ایک ہاتھ سے اجنبی کے سر کو تھوڑا سا اٹھایا اور دوسرے ہاتھ سے اس کے منہ کو کھولا۔ رضیہ نے ایک ایک قطرہ دوا اجنبی کے منہ میں ڈالنا شروع کی۔ تھوڑی دیر میں ساری دوا اجنبی کے حلق کے نیچے اتر گئی اور فضلو نے اس کا سر آہستہ سے بستر پر رکھ دیا۔

تھوڑی ہی دیر گزری تھی کہ اجنبی نے کراہ کر آنکھیں کھول دیں۔ چند لمحوں تک وہ لالٹین کی مدھم روشنی میں فضلو اور رضیہ کو گھورتا رہا۔ پھر اس نے کہنیوں کے بل اٹھنے کی کوشش کی، لیکن فوراً ہی کراہ کر لیٹ گیا۔ شاید زخم میں تکلیف ہونے لگی تھی۔

'آپ زخمی ہیں، لیٹے رہیے۔' فضلو نے اس پر جھک کر کہا۔

'آپ کون ہیں؟ میں کہاں ہوں' اجنبی نے پوچھا۔

'آپ کو سب کچھ معلوم ہو جائے گا۔ پہلے تھوڑا آرام کر لیجئے۔' فضلو نے کہا۔

اجنبی کچھ نہ بولا۔ وہ خاموشی سے فضلو اور رضیہ کو دیکھتا رہا۔ پھر نیند کی دیوی نے اسے تھپکیاں دینی شروع کر دیں اور اس کی آنکھیں بند ہوتی چلی گئیں۔

اگلی صبح اجنبی کی آنکھ اس طرح کھلی جیسے کوئی سوتے سے جاگتا ہے۔ جسم کی حرارت معمول پر آچکی تھی چہرے پر چھائی ہوئی مردنی بھی کم ہو گئی تھی۔ لیکن پیٹھ کا زخم ابھی تکلیف دے رہا تھا فضلو نے اسے سہارا دے کر بٹھا دیا اور اس نے پلنگ پر بیٹھے

ہی بیٹھے منہ دھویا۔ اس کے بعد رضیہ نے اس کی طرف گرم گرم دُودھ کا پیالہ بڑھایا۔

'میری طبیعت کافی سنبھل گئی ہے۔ اب آپ مجھے پوری بات بتایئے۔' اجنبی نے دو چار گھونٹ دودھ پینے کے بعد کہا۔

فضلو نے اسے ساری بات بتائی۔ اجنبی کے پوچھنے پر فضلو نے اسے بتایا کہ اس وقت وہ کس جگہ ہے۔ اس کے بعد فضلو نے اجنبی سے پوچھا کہ وہ کون ہے، کہاں کا رہنے والا ہے لور اس کو اس طرح زخمی کر کے دریا میں ڈالنے والے کون لوگ تھے۔

'اپنے بارے میں میں آپ کو بعد میں بتاؤں گا۔ ابھی بس اتنا سمجھ لیجئے کہ جس طرح آپ کو میری جان بچا کر خوشی ہوئی ہے اسی طرح کچھ لوگوں کو مجھے مارنے کی کوشش کر کے خوشی ہوئی ہوگی۔' اجنبی نے کہا' یہ بتایئے کہ کیا یہ وہی مادھوپور ہے جو راج کمار برج پال سنگھ کی ریاست ہے۔'

'جی ہاں۔' فضلو نے حیرت سے کہا' لیکن آپ......'

'آپ کو سب کچھ معلوم ہو جائے گا۔ بس چند روز ٹھہر جایئے۔' اجنبی نے مسکرا کر کہا۔

فضلو چپ رہ گیا۔ اجنبی کی شخصیت اس کے لئے کافی پراسرار ہو گئی تھی۔ تھوڑی دیر بعد وہ اجنبی کے بارے میں ویدجی سے مشورہ کرنے چلا گیا۔ اس کے جانے کے بعد اجنبی نے رضیہ سے کہا'' میری وجہ سے آپ لوگوں کو بہت تکلیف اٹھانا پڑی''۔

"ایسی کوئی بات نہیں،،۔ رضیہ نے جواب دیا" آپ زخمی تھے، آپ کی خدمت کرنا ہمارا فرض تھا''۔

"واقعی آپ لوگوں کی وجہ سے میری جان بچ گئی۔ خدا آپ کو اس کا انعام دے گا''۔

"آپ اچھے ہو گئے، یہی ہمارا انعام ہے، لور ہمیں کچھ نہیں چاہئے،،۔ رضیہ نے کہا اور اجنبی مسکرا کے رہ گیا۔

دو روز کے اندر اجنبی کا زخم کافی بھر گیا۔ وہ آسانی سے اٹھ کر چلنے پھرنے لگا۔

فضلو اور رضیہ اس کا بڑا خیال رکھتے تھے۔ وہ زیادہ سے زیادہ کوشش کرتے کہ اجنبی کو کوئی تکلیف نہ ہونے پائے، ان کا خیال تھا کہ وہ کسی اچھے گھرانے سے تعلق رکھتا ہے، لیکن ابھی تک خود اجنبی نے اپنے بارے میں کچھ نہیں بتایا تھا۔

ایک صبح فضلو اور رضیہ کی آنکھ کھلی تو اجنبی مکان میں موجود نہیں تھا۔ فضلو نے سوچا کہ وہ دریا کنارے ٹہلنے کے لئے چلا گیا ہوگا، جب کافی دیر ہو گئی اور اجنبی واپس نہیں آیا تو فضلو کو فکر ہوئی۔ وہ اسے دیکھنے کے لئے باہر نکل آیا۔ لیکن اجنبی کا کہیں پتہ نہ چلا، بستی والے بھی اس کے بارے میں کچھ نہیں بتا سکے۔ آخر فضلو بجھے ہوئے دل کے ساتھ گھر لوٹ آیا۔

فضلو اور رضیہ دونوں کو ہی اجنبی کے اس طرح چلے جانے کا بہت غم ہوا۔

بہت دن گزر گئے۔ ایک دن فضلو صبح کے ناشتہ سے فارغ ہو کر اپنے کام پر بیٹھا ہی تھا کہ دروازے پر کسی نے دستک دی۔ فضلو مکان سے باہر نکلا۔ دروازے پر ایک گھڑ سوار موجود تھا، اس کی وردی شاہی ملازموں کی سی تھی۔

"تمھارا نام فضلو ہے"۔ گھوڑ سوار نے پوچھا۔

"جی ہاں"۔ فضلو نے جواب دیا۔

"راج کمار برج پال سنگھ کا حکم ہے کہ تمہیں فوراً ان کے سامنے پیش کیا جائے"۔

"میں چلنے کو تیار ہوں"۔ فضلو نے کہا۔ "لیکن کیا آپ بتائیں گے کہ راج کمار نے مجھے کیوں یاد کیا ہے؟"

"راج کمار کے حکم میں سوال کی گنجائش نہیں ہوتی"، گھوڑ سوار نے کہا۔

فضلو خاموشی سے اندر گیا اور جلدی سے تیار ہو کر وہ گھوڑ سوار کے ساتھ گھوڑے پر بیٹھ کر روانہ ہو گیا۔ راستے بھر وہ یہی سوچتا رہا کہ آخر راج کمار نے اسے کیوں بلوایا ہے۔ اس سے پہلے تو کبھی ایسا نہیں ہوا تھا۔

راج دربار فضلو کے گھر سے کئی میل کے فاصلے پر تھا۔ لیکن تیز رفتار گھوڑے نے جلد ہی منزل کو طے کر لیا۔ فضلو گھوڑ سوار کے ساتھ راج کمار کے دربار میں داخل ہوا۔ بہت عالی شان دربار تھا۔ فضلو کی آنکھیں چکا چوند ہو گئیں۔ در و دیوار پر سونے کی میناکاری کی ہوئی تھی۔ اوپر جھاڑ فانوس لٹک رہے تھے۔ تمام درباری با اوب کھڑے تھے۔ سامنے اونچی سی مسند پر راج کمار برج پال سنگھ بیٹھے تھے۔ لیکن فضلو کے لئے سب سے زیادہ حیرت کی بات یہ تھی کہ راج کمار کے برابر میں اس کا وہی اجنبی مہمان شاہی لباس پہنے بیٹھا تھا جسے اس نے دریا سے زخمی حالت میں نکالا تھا اور جو بعد میں اسے بتائے بغیر غائب ہو گیا تھا۔

فضلو آداب بجا لایا۔ راج کمار نے ہاتھ سے دربار برخاست ہونے کا اشارہ کیا۔ جب تمام درباری راج کمار کو سلامی دے کر چلے گئے تو راج کمار نے اپنے خاص درباریوں کو بھی دربار سے رخصت کر دیا۔ اب دربار میں صرف راج کمار ان کے برابر میں بیٹھا ہوا فضلو کا اجنبی مہمان اور خود فضلو رہ گئے۔

"کیوں فضلو، انہیں جانتے ہو؟'' راج کمار نے اجنبی کی طرف اشارہ کر کے کہا۔

" حضور مجھے یہ نہیں معلوم کہ یہ کون ہیں، لیکن یہ میرے ساتھ کچھ روز رہے ضرور ہیں''۔ فضلو نے جواب دیا۔

" فضلو مجھے افسوس ہے کہ میں تمہیں سب اپنے بارے میں بتائے بغیر تمہارے گھر سے چلا گیا تھا لیکن آج میں تمہیں سب کچھ بتاؤں گا''۔ اجنبی نے مسکرا کر کہا" میں پڑوس کی ریاست علی پور کے بادشاہ کا بیٹا ہوں۔ میرے ابا حضور، خدا ان کی عمر دراز کرے۔ کافی بوڑھے ہو گئے ہیں کچھ روز پہلے انہوں نے بھرے دربار میں یہ اعلان کیا تھا کہ جلد ہی وہ حکومت کی باگ ڈور مجھے سونپ کر خود عبادت میں لگ جائیں گے۔ اس وقت کسی کو پتہ نہیں تھا کہ کچھ غداروں کے دماغ میں اس فیصلہ کے خلاف ایک سازش جنم لے رہی ہے۔ ایک دن میں اپنے ایک محافظ کے ساتھ دریا کے پل پر ٹہل رہا تھا کہ اچانک کچھ نقاب پوشوں نے ہمیں دونوں طرف سے آ کر گھیر لیا۔ ان کے

ہاتھوں میں خنجر تھے۔ میں نے اور میرے محافظ نے بھی خنجر کھینچ لئے۔ جنگ شروع ہو گئی۔ وہ کئی تھے۔ انہوں نے مجھے زخمی کر دیا اور اپنے خیال میں جان سے مار کر دریا میں ڈال دیا۔ معلوم نہیں محافظ کا کیا حال ہوا، اس کا ابھی تک پتہ نہیں چل سکا۔ میں خوش قسمتی سے تمہارے ہاتھ لگ گیا اور خدا نے تمہارے ذریعے سے میری جان بچا لی۔ تم سے معلوم ہوا کہ میں اس وقت راج کمار برج پال سنگھ کی ریاست میں ہوں۔ میں تمہارے گھر سے رخصت ہو کر راج کمار سے ملا۔ راج کمار میرے گہرے دوست ہیں اور ہم اکثر ایک ساتھ شکار کھیلا کرتے ہیں۔ ان کے آدمیوں نے پتہ لا کر دیا کہ ابا حضور کے وزیر خاص اکرم خاں نے غدّاری کی ہے۔ اس نے بغاوت کر کے ابا حضور کو قیدی بنا لیا ہے اور خود گدی پر قبضہ کر لیا ہے اور اپنے بعد اپنے لڑکے کو بادشاہ بنانے کے خواب دیکھ رہا ہے۔ اس وقت راج کمار برج پال سنگھ نے دوستی کا حق ادا کیا۔ ان کی مدد سے میں نے اکرم خاں پر چڑھائی کی اور آخر کار اسے اپنا قیدی بنا لیا۔ اکرم خاں نہ صرف غدّار تھا بلکہ ظالم بھی تھا۔ ریاست کے لوگ اس سے خوش نہیں تھے۔ جب ابا حضور دوبارہ گدی پر بیٹھے تو ریاست کے عوام میں خوشی کی لہر دوڑ گئی،،۔ فضلو حیرت سے شہ زادے کی کہانی سن رہا تھا۔ پل بھر کی خاموشی کے بعد شہ زادے نے کہا۔ " راج کمار برج پال سنگھ کی دوستی پر میں جتنا بھی فخر کروں کم ہے لیکن اپنی زندگی اور اپنے خاندان کی عزت بچانے کے لئے میں تمہارا احسان مند ہوں،،۔

" فضلو نے صرف شہ زادے کی جان ہی نہیں بچائی ہے بلکہ ہمارا سر بھی فخر سے اونچا کر دیا ہے،،۔ راج کمار برج پال سنگھ بولے "تمہیں اس کا انعام ضرور ملے گا"۔

" حضور آپ مالک ہیں۔ لیکن مجھے کسی انعام کا لالچ نہیں۔ بس یہی دعا ہے کہ خدا آپ کی عمر لمبی کرے،،۔ فضلو نے ہاتھ جوڑ کر کہا۔

تھوڑی دیر بعد شہ زادے اور راج کمار برج پال سنگھ نے بڑی عزت کے ساتھ فضلو کو راج دربار سے رخصت کیا۔

فضلو اور رضیہ کو ان کی نیکی کا انعام اس طرح ملا کہ راج کمار برج پال سنگھ نے فضلو کو اپنے خاص درباریوں میں شامل کر لیا اور شہ زادے نے بڑی دھوم دھام کے ساتھ رضیہ سے شادی کر کے اسے اپنی بیگم بنالیا۔ رضیہ کی شادی پر راج کمار برج پال سنگھ نے دھوم دھام سے جشن کیا اور اس طرح شہ زادے اور رضیہ کی شادی کے ساتھ ریاست مادھوپور اور ریاست علی پور بھی ہمیشہ ہمیشہ کے لئے پہلے سے زیادہ مضبوط دوستی کے رشتہ میں بندھ گئیں۔

(۱۹۶۷)

سچی خوشی

"ابا ابا، ڈاکو کسے کہتے ہیں؟" جبار خاں کے چھوٹے سے لڑکے نے جو دوسری جماعت میں پڑھتا تھا اپنے باپ کی ٹانگوں سے لپٹتے ہوئے پوچھا۔

"ڈاکو بڑے چور کو کہتے ہیں۔" جبار خاں نے ٹالتے ہوئے کہا۔

"تو ابا ڈاکو چور سے بھی برا ہوتا ہے؟"

"ہر وقت ٹائیں ٹائیں نہ کیا کرو۔" جبار خاں نے جھنجھلا کر لڑکے کو ایک طرف دھکیل دیا اور خود اپنے گھوڑے کے پاس جا کر اسے سفر کے لئے تیار کرنے لگا۔

جبار خاں گھوڑے کو گھنے جنگل میں دوڑائے لئے جا رہا تھا۔ وہ ادھیڑ عمر کا ایک لمبا تڑنگا شخص تھا۔ اس کا چہرہ سرخ و سپید تھا اور اوپری ہونٹ گھنی مونچھوں میں چھپ کر رہ گیا تھا۔ جبار خاں ڈاکوؤں کا سردار تھا۔ اس کے گروہ میں اس کو ملا کر سات ڈاکو تھے۔ یہ سب الگ الگ گاؤں اور قصبوں میں رہتے تھے۔ عام آدمیوں کی نظر میں یہ سیدھے سے کاروباری لوگ تھے۔ اس وقت جبار خاں کو شہر سے دس میل کے فاصلے پر پھیلے ہوئے ایک جنگل کے غار میں پہنچ کر اپنے ساتھیوں سے ملنا تھا۔ یہ غار ان کا اڈہ

تھا۔ یہیں ان کا اسلحہ وغیرہ چھپا رہتا تھا اور یہیں جمع ہو کر وہ منصوبے تیار کرتے تھے۔

آج رات انہیں شہر کے ایک بہت بڑے امیر سیٹھ نادر کے گھر ڈاکہ ڈالنا تھا۔

دن کا تیسرا پہر تھا غار ابھی پانچ میل دور تھا۔ جبار خاں کو امید تھی وہ سورج ڈوبتے ڈوبتے اپنے ساتھیوں سے جا ملے گا۔ اچانک اسے محسوس ہوا جیسے جنگل میں اس کے علاوہ بھی کسی شخص کا گھوڑا دوڑ رہا ہو اس نے اپنا گھوڑ روک دیا۔ دوسرے گھوڑے کی ٹاپوں کی گونج صاف ہوتی گئی۔ چند لمحے بعد بائیں طرف ایک گھوڑا سوار جبار خاں کے سامنے آگیا۔ جبار خاں کو دیکھ کر وہ رک گیا۔ سانولے رنگ کا وہ جوان شخص صابر تھا۔ جبار خاں کے ساتھیوں میں سے ایک۔ سیٹھ نادر کے بارے میں ساری معلومات صابر نے اکٹھا کی تھیں۔ جبار خاں نے آج کے لئے اسے تاکید کی تھی کہ وہ سیٹھ نادر کی مشغولیت کا پتہ چلا کر آئے۔

"کیا خبر ہے صابر؟'' جبار خاں نے گھوڑے پر بیٹھے بیٹھے پوچھا۔

"بہت بری خبر ہے استاد۔'' صابر نے کہا۔ "پرسوں شام کو سیٹھ نادر اور اس کا جوان لڑکا اختر کسی جلسے میں گئے تھے۔ وہاں سے وہ واپس گھر نہیں پہنچے۔ کل دن میں ایک اجنبی شخص سیٹھ کی بیوی کو بتا گیا تھا کہ وہ دونوں کسی ضروری کام سے باہر چلے گئے ہیں۔ سیٹھ کی بیوی مطمئن ہو گئی تھی لیکن کل رات اس کی کوٹھی پر ڈاکہ پڑ گیا۔ ڈاکو سارا دھن لوٹ کر لے گئے۔ سیٹھ اور اس کا لڑکا ابھی تک لاپتہ ہیں۔''

"واقعی بری خبر ہے۔'' جبار خاں نے صابر کی آنکھوں میں جھانکتے ہوئے کہا۔ صابر کچھ نہ بولا۔ جبار خاں نے اپنے گھوڑے کو ایڑ لگا کر آگے بڑھایا۔ صابر بھی اس کے برابر چلنے لگا۔ دونوں گہری سوچ میں ڈوبے ہوئے تھے۔ سفر خاموشی سے کٹتا رہا۔ دو تین فرلانگ کے بعد انہیں راستے میں ایک شخص پڑا دکھائی دیا۔ اس کے ہاتھ پیر بندھے ہوئے تھے اور مونہہ پر پٹی کسی تھی۔ جبار خاں اور صابر گھوڑے روک کر نیچے اترے۔ اس شخص کے دونوں بازوؤں پر گہرے زخم تھے۔ وہ بے ہوش تھا۔ جبار خاں نے اس کے مونہہ پر بندھی ہوئی پٹی کھولی۔ یہ ایک جوان شخص تھا۔

"استاد اگر میری آنکھیں دھوکا نہیں دے رہی ہیں تو یہ سیٹھ نادر کا لڑکا اختر ہے۔" صابر نے کپکپاتی ہوئی آواز میں کہا۔

"اوہ!۔" جبار خاں کی الجھن بڑھ گئی۔ اس نے اپنے مفلر کو پھاڑ کر اختر کے زخموں پر باندھ دیا' پھر صابر سے بولا "ہم اسے اڈے پر لے چلیں گے۔"

صابر نے اختر کو اپنے گھوڑے پر ڈال لیا۔ جبار خاں اپنے گھوڑے پر بیٹھ گیا۔ دونوں گھوڑے اپنی منزل کی طرف بھاگنے لگے۔ اندھیرا ہوتے ہوتے وہ اپنے ٹھکانے پر پہنچ گئے۔ باقی پانچ ڈاکو غار میں موجود تھے۔ اختر کو دیکھ کر وہ حیران ہوئے۔ جبار خاں نے انھیں ساری بات بتا کر کہا "اب سیٹھ نادر کے یہاں ڈاکہ نہیں ڈالیں گے۔"

وہ سب آپس میں کھسر پسر کرنے لگے۔ ان میں سے دو جوان تھے اور تین ادھیڑ عمر۔ ان سب کے مونہہ پر گھنی مونچھیں تھیں۔ اندھیرا گہرا ہو گیا تھا۔ غار میں ایک لالٹین جل رہی تھی۔ جبار خاں نے اختر کو فرش پر بچھے ہوئے گدے پر لٹا دیا۔ وہ گہری گہری سانسیں لے رہا تھا۔ غار میں مرہم پٹی کا سامان موجود تھا۔ جبار خاں نے اختر کے بازو کھولے اور زخموں پر دوا لگا کر پٹی باندھ دی۔ پھر اس نے اختر کے مونہہ پر پانی کے چھینٹے مارے۔ تھوڑی ہی دیر میں اسے ہوش آگیا وہ کراہتے ہوئے اٹھ بیٹھا۔ ڈاکوؤں نے چہرے نقابوں میں چھپا لئے تھے۔

"آپ لوگ کون ہیں اور مجھے کہاں لے آئے ہیں؟"

اختر نے ان سب پر نظر ڈالتے ہوئے کہا۔

"ہم نے تمہیں جنگل میں زخمی حالت میں پڑا پایا تھا۔ اس لئے یہاں لے آئے۔"

جبار خاں نے نرم آواز میں کہا۔

"تم وہاں کس طرح پہنچے تھے؟۔"

"اگر میں زیادہ دیر بے ہوش نہیں رہا تو یہ پرسوں کی رات کی بات ہے میں اپنے باپ کے ساتھ گھر واپس آرہا تھا۔ ایک ویران سڑک پر کچھ ڈاکوؤں نے ہمیں روک لیا۔ انہوں نے اپنے پستولوں کے دستے ہمارے سروں پر مار کر ہمیں بے ہوش کر دیا۔

آنکھ کھلی تو صبح ہو چکی تھی۔ ہم نے اپنے آپ کو غار میں پایا۔ وہاں دس بارہ ڈاکو تھے۔ وہ میرے باپ سے ان کی خفیہ تجوریوں کے بارے میں پوچھ رہے تھے۔ میں نے اپنے باپ سے کہا کہ وہ بتا دیں، لیکن انھوں نے انکار کر دیا۔ ان کی نظر میں دولت زندگی سے زیادہ قیمتی تھی۔ آخر ڈاکوؤں نے انھیں گولی مار کر ہلاک کر دیا۔ دو ڈاکو میرے باپ کو دفن کرنے کے لئے اٹھا لے گئے۔ ان کے سردار نے کہا کہ اگر میں انھیں سب کچھ بتا دوں تو وہ مجھے جان سے نہیں ماریں گے ۔ میں نے انھیں اپنے گھر کا سارا نقشہ سمجھا دیا۔ کل رات وہ مجھے اپنے ایک ساتھی کی نگرانی میں چھوڑ کر وہاں ڈاکہ ڈالنے چلے گئے۔ انھوں نے ساری دولت حاصل کر لی۔ آج میں نے ان سے کہا کہ مجھے آزاد کر دیں تو انھوں نے چاقو سے میرے بازو کو زخمی کرنا شروع کر دیا۔ میں نے وجہ پوچھی تو ان کے سردار نے کہا وہ مجھے بے ہوش کر کے ایسی جگہ ڈال دیں گے جہاں سے میں اپنے گھر پہنچ جاؤ۔ لیکن ان کے اڈے کا پتہ نہ چلا سکوں۔ پھر میں بے ہوش ہو گیا۔ ایک بار آنکھ کھلی تو خود کو جنگل میں بے بسی کی حالت میں پایا۔ میں کافی کمزوری محسوس کر رہا تھا۔ سانس لینے میں بھی پریشانی ہو رہی تھی۔ میں دوبارہ بے ہوش ہو گیا۔ لور اب..... " اختر نے کمزور آواز میں کہا " آپ لوگوں کے پاس بندوقیں لور پستول ہیں۔ کیا آپ لوگ بھی۔"

" ہاں ہم لوگ بھی ڈاکو ہیں لیکن تمھیں ہم سے ڈرنے کی ضرورت نہیں،،۔ جبار خاں نے ایک تھیلے میں سے کچھ پھل نکال کر اختر کے سامنے رکھتے ہوئے کہا۔

" میں ڈاکوؤں سے نہیں ڈرتا۔ میں خود ایک بہت بڑے ڈاکو کا لڑکا ہوں۔ '' اختر نے برا سا مونہہ بنا کر ایک سیب اٹھا لیا۔

" کیا مطلب ؟۔ ''

" ہماری ایک کپڑے کی مل ہے جس سے ہماری گزر اوقات ہو سکتی ہے۔ لیکن میرے باپ کو دولت کی ہوس تھی۔ اس کے لئے انھوں نے گوداموں میں غلہ بھر کر اس کی قیمت بڑھائی، چوری چوری افیون لور شراب کی تجارت کی لور سونا ادھر سے ادھر کیا اور نہ جانے کتنے غلط کام کئے۔ ان کی سمجھ میں یہ بات نہیں آتی تھی کہ ایک

دولت تجوریوں میں بھرنے سے کوئی فائدہ نہیں جسے ہم دوسروں پر ظاہر نہ کر سکیں جو بے ایمانی سے حاصل کی جائے۔ یہ کالی دولت پا کر ہم خود کو بڑا آدمی سمجھ سکتے ہیں لیکن یہ ہم کو سچی خوشی نہیں دے سکتی۔ آخر اسی دولت کی ہوس نے میرے باپ کی جان لے لی۔'' اختر نے چند لمحے خاموش رہ کر کہا" مجھے اپنے باپ کی موت کا افسوس بھی ہے اور اس بات پر شرمندگی بھی کہ میں ایک ایسے شخص کا بیٹا ہوں جو اپنے وطن کا غدّار تھا۔''

"اب تم کیا کرو گے ؟'' جبار خاں نے آہستہ سے پوچھا۔

"میں نے ڈاکوؤں کو اپنے گھر کے تہہ خانے کے بارے میں کچھ نہیں بتلایا تھا۔ اگر تم لوگوں نے مجھے چھوڑ دیا تو میں وہاں چھپی ہوئی دولت غریبوں میں بانٹ دوں گا۔ میں ایسی خوشی نہیں چاہتا جو دوسروں کو برباد کر کے حاصل کی جائے۔''

ایک ڈاکو نے غار سے باہر جاتے ہوئے جبار خاں کو اپنے پیچھے آنے کا اشارہ کیا۔ جبار خاں جب باہر پہنچا تو اس نے کہا" استاد کیوں نہ اختر کو ہم یہاں کچھ روز قید رکھیں اور اس کی بچی ہوئی دولت اڑا لائیں۔''

"نہیں سجاد! میری سمجھ میں ایک دوسری بات آرہی ہے۔'' جبار خاں نے جواب دیا اور غار میں واپس آکر اختر سے بولا۔" اگر تم چاہو تو میں ابھی تمہیں شہر کی سرحد پر چھوڑ آؤں۔''

اختر جانے کے لئے تیار ہو گیا۔ جبار خاں اپنے ساتھیوں سے غار میں رکنے کو کہہ کر اختر کے ساتھ چلا گیا۔ آدھی رات کے قریب وہ اکیلا لوٹا تو اس کے ساتھی بے چینی سے اس کا انتظار کر رہے تھے۔ وہ خاموشی سے غار میں آکر بیٹھ گیا۔

"کیا بات ہے استاد ؟ تم پریشان دکھائی دے رہے ہو؟ ۔'' ایک ادھیڑ عمر کے ڈاکو نے کہا۔

"اخیار خاں میں واقعی پریشان ہوں۔'' جبار خاں نے بھرائی ہوئی آواز میں کہا" آج مجھے معلوم ہو گیا ہے کہ بیٹا بھی اپنے باپ کی برائیوں سے نفرت کر سکتا

ہے۔ سوچنے کی بات ہے کہ اگر ہمارے بچوں کو کبھی معلوم ہو گیا کہ ان کے باپ ڈاکو تھے تو کیا وہ بھی ہم سے نفرت کرنے لگیں گے۔ آج مجھے یہ خیال بھی آ رہا ہے کہ شاید ہم میں سے کچھ کی بیویاں بھی ہمارے کام کو پسند نہ کرتی ہوں۔ ''

"استاد آپ کا خیال صحیح ہے۔ میری بیوی نے کئی بار مجھے اس زندگی سے منع کیا ہے۔ '' ایک ادھیڑ عمر کا ڈاکو بولا

اور استاد جب میری لڑکی مجھ سے پوچھتی ہے کہ میں کئی دن گھر کیوں نہیں آتا تو میں اس سے جھوٹ بولتے ہوئے شرم سے زمین میں گڑ جاتا ہوں۔ '' ایک دوسرا ڈاکو بولا۔

"تو پھر ہم جھوٹی خوشی کے اس راستے پر نہیں دوڑیں گے جس کا خاتمہ اس جگہ ہوتا ہے، جہاں سے ہمارے بچوں کے دکھوں اور نفرت کا راستہ شروع ہوتا ہے۔ اب ہم ایسی دولت اکٹھا نہیں کریں گے جسے ہمارے اپنے بچے بھی ٹھکرا دیں۔ آج کے بعد ہم اس غار میں نہیں جمع ہوں گے اب ہم کوئی سیاہ منصوبہ نہیں بنائیں گے۔ آج سے ہم صرف اپنے اس کاروبار میں دل چسپی لیں گے جس میں کوئی بے ایمانی نہیں ہے۔ '' جبار خاں نے جوشیلی آواز میں کہا "تم لوگوں کا کیا ارادہ ہے؟۔ ''

"ہم تیار ہیں۔ ''

"ہم سب تیار ہیں۔ ''

"ڈاکو کیسا ہوتا ہے؟۔ '' جبار خاں نے اپنے لڑکے کو گود میں اٹھا کر پوچھا۔

"ڈاکو بہت برا ہوتا ہے۔ ''

"ہمارا بیٹا بڑا ہو کر ڈاکو تو نہیں بنے گا۔ '' جبار خاں نے پوچھا۔

"میں ڈاکو نہیں بنوں گا۔ میں اپنے ابا کی طرح اچھا آدمی بنوں گا۔ '' لڑکا بولا۔

جبار خاں نے خوشی سے بے قابو ہو کر لڑکے کو ہوا میں اچھالا اور اسے دوبارہ اپنے بازوؤں میں پکڑ کر چوم لیا۔

آج اسے سچی خوشی مل گئی تھی۔

(۱۹۶۹)

قسمت کے کھیل

بس اچانک ہی تیز ہوائیں اپنے ساتھ کالے کالے بادلوں کو اڑا لائیں۔ دیکھتے ہی دیکھتے ان بادلوں نے آسمان کو ڈھک لیا اور سر شام ایسا معلوم ہونے لگا جیسے کافی رات گزر گئی ہو پھر ایک دم سے موسلا دھار بارش ہونے لگی۔ ہواؤں کی سرسراہٹ میں بادلوں کی گرج اور بجلی کی کڑک بھی شامل ہو گئی۔

مجید اس وقت باورچی خانے میں اسٹوو جلانے کی کوشش کر رہا تھا۔ وہ تقریباً پینتالیس سال کا شخص تھا۔ چہرے پر بے ترتیب سی داڑھی تھی۔ اس کا بایاں ہاتھ کہنی کے پاس سے کٹ کر غائب تھا۔ بارش کا بڑھتا ہوا شور سن کر وہ باورچی خانے سے نکل آیا۔ باورچی خانہ اور اس کے برابر میں دو کمرے ایک ہی قطار میں تھے۔ ان کے باہر دالان اور دالان کے بعد چھوٹا سا صحن تھا۔ صحن پار کر کے مکان سے باہر آنے جانے کا دروازہ تھا۔ مجید نے سوئچ دبا کر دالان میں لگا ہوا بلب روشن کر دیا۔ موسم طوفانی شکل اختیار کرتا جا رہا تھا۔ بارش کا پانی صحن سے اڑ اڑ کر دالان کو بھگوئے ڈال رہا تھا۔ مجید نے سرے والے کمرے میں داخل ہو کر دروازہ اندر سے ڈھلکا لیا۔ کمرے میں اندھیرا تھا۔ مجید نے یہاں بھی بجلی کی روشنی کر دی۔ کمرے میں ایک چارپائی' ایک اسٹول اور دو تین چھوٹے چھوٹے بکس رکھے ہوئے تھے۔ کمرے کی پچھلی دیوار میں ایک کھڑکی تھی۔ مجید نے کھڑکی کے پٹ کھول دئے۔ کھڑکی میں اوپر سے نیچے تک جالی لگی ہوئی تھی۔ اچانک آسمان پر بڑے زور سے بجلی چمک اٹھی۔ بجلی کی روشنی میں مجید کو دور دور تک پھیلا ہوا کھیتوں کا سلسلہ دکھائی دیا۔ پھر بجلی رہ رہ کر چمکتی رہی اور مجید کھیتوں میں لہلہاتی ہوئی دھان کی فصل کو پانی میں بھیگتے اور ہوا سے ڈولتے دیکھتا رہا۔

اچانک ایسا لگا جیسے مکان کے صدر دروازے پر کسی گاڑی کا ہارن بجا ہو۔ مجید نے کھڑکی بند کر دی۔ ہارن ایک بار پھر سنائی دیا۔ مجید دالان میں نکل آیا۔ اسی وقت کسی نے باہر سے مکان کا دروازہ زور زور سے تھپتھپانا شروع کر دیا۔

''کون ہے؟'' مجید نے دالان سے ہی چلاّ کر پوچھا۔

" مسافر ہوں......" باہر سے کسی آدمی نے اونچی آواز میں جواب دیا۔ کچھ اور بھی کہا گیا تھا لیکن شور کی وجہ سے مجید پوری بات نہ سمجھ سکا۔ صحن میں بھیگتے ہوئے دروازے کے پاس جا کر اس نے کنڈی گرا کے دونوں پٹ کھول دئے۔ آسمانی بجلی کی چمک میں اس نے دروازے پر پچیس چھبیس سال کے ایک خوب صورت جوان کو کھڑے ہوئے دیکھا۔ وہ سر سے پیر تک پانی میں شرابور تھا۔ دروازے کے پاس ایک موٹر سائیکل بھی کھڑی تھی۔

" معاف کیجئے گا' میں نے آپ کو پریشان کیا۔" اجنبی نے کہا۔ " بریلی جا رہا تھا کہ موسم خراب ہو گیا۔ آپ کے مکان میں روشنی دیکھ کر ٹھہر گیا۔ اگر آپ بارش رکنے تک مجھے اپنے گھر میں پناہ دے دیں تو احسان مند ہوں گا۔"

" اندر آ جائیے' مجید نے ایک طرف ہٹتے ہوئے کہا۔ "لیکن آپ کی موٹر سائیکل"

"موٹر سائیکل کو سیڑھیوں پر چڑھا کر اندر نہیں لایا جا سکتا اسے بھیگنے دیجئے۔ خود کو بارش سے بچانا زیادہ ضروری ہے" اجنبی نے جواب دیا اور موٹر سائیکل میں سے ایک بریف کیس نکال کر مجید کے پیچھے پیچھے کمرے میں چلا آیا۔ بریف کیس چارپائی پر رکھ کر اجنبی نے اسے کھولا۔ اس میں تولیہ اور کپڑے تھے۔ مجید خود بھی بری طرح بھیگ گیا تھا۔ وہ کمرے سے باہر آ گیا۔ تھوڑی دیر کے بعد وہ دوسرا قمیض پاجامہ پہن کر کمرے میں گیا تو اجنبی لباس بدل کر بالوں میں کنگھا کر رہا تھا۔

" آپ کا ہاتھ کیا کسی حادثے میں کٹ گیا تھا؟" اجنبی نے پوچھا۔

"جی ہاں۔"

" آپ کا مکان آبادی سے بالکل الگ تھلگ ہے۔ کیا آپ یہاں اکیلے رہتے ہیں۔؟"

" آج کل تو اکیلا ہی ہوں۔ ایک جوان بیٹا ہے وہ علی گڑھ میں پڑھ رہا ہے۔ یہ مکان گاؤں کے ایک بڑے آدمی کرامت خاں کا ہے' معلوم نہیں کیا سوچ کر انہوں

نے مکان سڑک کے قریب بنایا تھا۔ گاؤں میں ان کی اپنی حویلی ہے اور انہوں نے یہ مکان مجھے رہنے کے لئے دے دیا ہے میں ان کا نوکر مجید ہوں۔"

اجنبی کچھ نہ بولا۔ وہ چارپائی پر بیٹھ گیا تھا۔ بارش کے زور میں کوئی کمی نہیں معلوم ہو رہی تھی۔

" بریلی شاید یہاں سے آٹھ میل ہے۔" اجنبی اپنی کلائی کی گھڑی پر نظر ڈالتے ہوئے بڑبڑایا۔ "آٹھ بجے ہیں۔ خدا کرے کہ طوفان جلد ٹھہر جائے۔"

" آپ نے اپنے بارے میں کچھ نہیں بتایا۔" مجید نے کہا۔

" میرا نام اسلم ہے۔ بریلی کا رہنے والا ہوں۔ وہاں میرا خراد کا کارخانہ ہے آج صبح ایک دوست کی شادی میں شاہ جہاں پور گیا تھا شام کو سات بجے واپس روانہ ہوا۔ راستے میں یہ افتاد آ پڑی......"

اسلم اور بھی نہ جانے کیا کیا کہتا رہا۔ لیکن مجید کے ذہن میں تو اتھل پتھل مچ چکی تھی اسلم کے الفاظ شاید اس کے کانوں تک نہیں پہنچ رہے تھے۔ وہ تو بس یہی سوچے جارہا تھا کہ اسلم بریلی کا رہنے والا ہے اور وہاں اس کا خراد کا کارخانہ بھی ہے۔

" آپ کس سوچ میں گم ہو گئے؟" اسلم نے مجید کو ٹوکا۔

" آپ کے والد کا نام نذیر احمد تو نہیں؟" مجید نے چونک کر پوچھا۔

" آپ کو میرے والد کا نام کیسے معلوم ہوا؟" اسلم حیرت زدہ رہ گیا۔

اسلم کا جواب سن کر مجید کا سر چکرانے لگا۔ اس نے سوچا کہ وہ کہانی جو پندرہ برس پہلے ختم ہو گئی تھی اس میں شاید کچھ اور واقعات جڑنا باقی رہ گئے ہیں۔

" آپ کچھ پریشان نظر آرہے ہیں۔ کیا معاملہ ہے؟"

" اسلم بابو کیا آپ اپنا بچپن بالکل بھول گئے۔ کیا آپ کے والد نے کبھی آپ سے آپ کے بچپن کے کسی خاص حادثے کا ذکر نہیں کیا؟" مجید نے بھرّائی ہوئی آواز میں پوچھا۔

" آخر آپ کہنا کیا چاہتے ہیں؟" اسلم نے الجھ کر کہا۔

"اپنے دماغ پر زور دیجئے شاید آپ کو کچھ یاد آ جائے تب تک میں آپ کے لئے چائے کا بندوبست کرتا ہوں۔"

مجید نے کہا اور اسلم کے روکنے کے باوجود کمرے سے نکل کر باورچی خانے میں آ گیا۔

پندرہ برس پرانی بات تھی۔ اس وقت مجید کے دونوں ہاتھ سلامت تھے اور وہ ایک تندرست آدمی تھا۔ وہ سیٹھ نذیر احمد کے گھر ملازم تھا۔ سیٹھ جی کا بہت بڑا کارخانہ تھا۔ ان کے گھر پر دوسرے نوکر بھی تھے لیکن وہ مجید پر سب سے زیادہ بھروسہ کرتے تھے۔ یہاں تک کہ مجید کو یہ بھی معلوم تھا کہ سیٹھ جی اپنی دولت گھر کے اندر کہاں کہاں اور کس کس شکل میں پوشیدہ رکھتے ہیں۔ سیٹھ جی کی بیوی کا انتقال ہو چکا تھا۔ اسلم ان کا اکلوتا بیٹا تھا۔ مجید کی بیوی بھی نہیں تھی۔ اس کا ایک بیٹا شارق تھا جس کی عمر مشکل سے پانچ سال کی رہی ہوگی۔ اسلم گیارہ برس کا تھا۔ وہ مجید سے بہت مانوس تھا۔ مجید بھی اس سے اپنے بیٹے کی طرح محبّت کرتا تھا۔

ایک دن مجید بازار جا رہا تھا کہ ایک ٹرک کی زد میں آ کر بری طرح زخمی ہو گیا۔ اسے بے ہوشی کی حالت میں ہسپتال پہنچایا گیا۔ چوٹیں بہت تھیں۔ جب تک وہ ہسپتال میں رہا' اس کا بیٹا سیٹھ جی کے گھر میں ہی رہا۔ سیٹھ جی اسلم کے ساتھ اکثر اسے دیکھنے کے لئے آتے تھے اور اس کے بیٹے شارق کو روزانہ کسی نہ کسی نوکر کے ساتھ چند گھنٹوں کے لئے ہسپتال بھیج دیتے تھے۔ ایک ماہ کے بعد مجید کو ہسپتال سے چھٹی ملی تو اس کے جسم پر کے سارے زخم بھر چکے تھے لیکن بایاں ہاتھ اتنی بری طرح کچل گیا تھا کہ ڈاکٹر کو اسے کہنی پر سے کاٹ دینا پڑا تھا۔ مجید ہسپتال سے سیٹھ جی کے گھر پہنچا تو اسے اپنی زندگی کا سب سے بڑا دھچکا لگا۔ سیٹھ جی نے اسے اگلے ایک ماہ کی تنخواہ دی اور یہ کہہ کر ملازمت سے الگ کر دیا کہ ایک ہاتھ ضائع ہو جانے کے بعد وہ ان کی نوکری کے قابل نہیں رہ گیا ہے۔ مجید نے سیٹھ جی کو یقین دلانا چاہا کہ وہ پہلے کی طرح ہی محنت سے ان کی خدمت کرتا رہے گا لیکن سیٹھ جی نے اگلے روز تک اسے اپنی کوٹھی سے جانے کا حکم دے دیا۔

اسی روز رات کو مجید اپنی کوٹھری میں لیٹا ہوا سوچ رہا تھا کہ دوسرے دن سے وہ کہاں کہاں ٹھوکریں کھائے گا۔ پاس ہی شارق سو رہا تھا۔ اچانک کوٹھری کا دروازہ کھلا اور دو نقاب پوش رائفلیں لئے ہوئے اندر گھس آئے۔ مجید سمجھ گیا کہ سیٹھ جی کے وہاں ڈاکہ پڑا ہے۔ نقاب پوشوں میں سے ایک نے اس کو مار مار کر گھر کا بھید لینا چاہا لیکن مجید بہر حال سیٹھ جی کا وفادار ملازم تھا۔ اس نے ڈاکوؤں کو سیٹھ جی کا خفیہ دولت کی ہوا بھی نہ لگنے دی۔ ڈاکوؤں کو اس بات کا یقین دلانے کے لئے کہ اسے سیٹھ جی کی دولت کے بارے میں کچھ نہیں معلوم ہے' اس نے یہ بات بھی بتا دی کہ سیٹھ جی نے ہاتھ کٹ جانے کی وجہ سے اسے نوکری سے نکال دیا ہے اور کل وہ ان کی کوٹھی سے چلا جائے گا۔ دونوں ڈاکو کوٹھری کے ایک کونے میں جاکر کھسر پسر کرنے لگے۔ پھر ایک ڈاکو نے مجید کے پاس آکر اس کی ناک پر کوئی چیز رکھ دی۔ مجید کا سر چکرلیا اور بے ہوش ہو گیا' دوبارہ آنکھ کھلنے پر اس نے اپنے آپ کو ایک بہت بڑے غار میں پایا۔ اس کے پاس شارق بھی بے ہوش پڑا تھا۔ غار میں ایک مشعل روشن تھی۔ دیواروں پر اسلحہ ٹنگا ہوا تھا۔ وہاں پندرہ سولہ آدمی آپس میں ہنسی مذاق کر رہے تھے۔ ان کی باتوں سے مجید سمجھ گیا کہ وہ ڈاکو ہیں جو سیٹھ جی کے یہاں سے کافی مال اڑا کر لائے ہیں۔ اُس وقت ان میں سے کسی کے چہرے پر نقاب نہیں تھا۔ وہ سب خوفناک صورتوں کے مالک تھے پتھر کی ایک اونچی سی سل پر ایک ڈاکو بیٹھا گلاس میں کوئی چیز پی رہا تھا وہ شاید ان کا سردار تھا۔

مجید کو ہوش میں دیکھ کر وہ سب خاموش ہو گئے۔ سردار نے مجید کو بتایا کہ وہ اسے اور اس کے بیٹے کو اپنے اڈّے پر اٹھا لایا ہے۔ اب مجید ان کے ساتھ رہ کر عیش کرے گا اور اس کے بیٹے کو ڈاکو بننے کی تربیت دی جائے گی۔ مجید سردار کا منصوبہ سن کر کانپ گیا۔ اس نے ہمّت کی اور سردار کے آگے ہاتھ جوڑ کر بولا کہ وہ اپنے بیٹے کو ڈاکو بننے کی بجائے ایک باعزّت شہری بنانا چاہتا ہے۔ اور اس کے لئے وہ ہر مصیبت کا مقابلہ کرنے کو تیار ہے۔ مجید کو ڈر تھا کہ اس کی بات سن کر سردار آگ بگولہ ہو جائے گا۔ لیکن ایسا نہیں ہوا۔ سردار کو مجید سے ہمدردی تھی۔ سردار کا نام دلاور تھا۔ اس

نے کچھ دن تک مجید کو اپنے ساتھ رکھا اور اسے کسی قسم کی تکلیف نہیں ہونے دی۔ پھر اس نے مجید کو کرامت خاں کا پتا بتا کر کہا کہ وہ اس کے پاس جاکر کہے کہ اسے سردار دلاور نے ملازمت کے لئے بھیجا ہے۔ مجید کو یہ بھی نہیں معلوم تھا کہ ڈاکوؤں کا اڈہ کرامت خاں کے گاؤں سے کتنی دور ہے۔ بہر حال آنکھوں پر پٹی باندھ کر مجید اور شارق کو اڈے سے باہر نکال کر ایک کار میں بٹھایا گیا اور ایک ڈاکو انہیں کرامت خاں کے گاؤں کے پاس والی سڑک پر چھوڑ گیا مجید ایک میل پیدل چل کر کرامت خاں کے پاس پہنچا۔ سر دلد دلاور کا پیغام سنتے ہی کرامت خاں نے اسے نوکری دے دی۔ ہو سکتا ہے کہ سردار دلاور نے پہلے ہی کرامت خاں سے بات کر لی ہو یا ممکن ہے کہ کرامت خاں بھی سردار دلاور کا ساتھی رہا ہو۔ کچھ بھی ہو۔ مجید نے اس کے بارے میں زیادہ سوچنے کی ضرورت نہیں سمجھی۔ اور اب پندرہ برس گزر چکے تھے۔ مجید سردار دلاور اور اس کے ساتھیوں کو بھول چکا تھا۔ اس کی ان لوگوں سے پھر کبھی ملاقات نہیں ہوئی تھی۔ اس کا کام کرامت خاں کے کھیتوں اور باغوں کی دیکھ بھال کرنا تھا۔ کرامت خاں کی ملازمت میں مجید کو ہر طرح کا آرام تھا۔ یہی وجہ تھی کہ اس کا بیٹا اب علی گڑھ میں تعلیم حاصل کر کے بڑا آدمی بننے کی جدو جہد کر رہا تھا۔ پچھلے پندرہ برس میں مجید کو بارہا سیٹھ نذیر احمد اور اسلم کی یاد آئی تھی لیکن ہر بار اس نے انہیں بھلانے کی کوشش کی تھی اور اسے اپنی کوشش میں کامیابی بھی ہوئی تھی لیکن آج اسلم نے اچانک آکر اس کے دل میں کھلبلی پیدا کر دی تھی اگر مجید چاہتا تو اسلم کو کچھ بھی یاد دلانے کی کوشش نہ کرتا لیکن بوکھلاہٹ میں بے قابو ہو کر وہ اسلم سے کچھ ایسی باتیں کر بیٹھا تھا جن کا نہ کرنا ہی بہتر ہوتا اور اب وہ سوچ رہا تھا کہ سیٹھ جی کے گھر سے راتوں رات اپنے غائب ہو جانے کی کیا وجہ اسلم کو بتائے گا۔ یقیناً ڈاکوؤں کے بارے میں سچی بات بتانا مناسب نہیں ہوگا۔

نصف گھنٹے کے بعد مجید ایک ٹرے میں چائے اور کچھ نمکین لے کر باورچی خانے سے نکلا۔ طوفان کا زور خلاف توقع کم ہو گیا تھا۔ صرف ہلکی ہلکی بارش ہو رہی

تھی۔ وہ کمرے میں داخل ہوا تو اسلم بے چینی سے ادھر اودھر ٹہل رہا تھا۔ مجید نے ٹرے اسٹول پر رکھ دی۔

"میں نے آپ کو پہچان لیا ہے مجید بابا۔" اسلم نے مجید کے کندھوں پر ہاتھ رکھ کر بھرّائے ہوئے لہجے میں کہا۔ مجھے شاید کچھ بھی یاد نہ آتا اگر آپ کا ہاتھ کٹا ہوا نہ ہوتا یا اگر ابّا نے ڈاکہ پڑنے کے سلسلے میں دو ایک بار آپ کا ذکر نہ کیا ہوتا۔"

" اسلم بابو میں نے آپ کو اپنی گود میں کھلایا ہے آپ اندازہ نہیں کر سکتے کہ آپ کے ملنے سے مجھے کتنی خوشی ہوئی ہے۔" مجید نے کپکپاتی ئی آواز میں کہا۔

اسلم اسٹول کے پاس چارپائی پر بیٹھ گیا۔ چائے کے دو چار گھونٹ لینے کے بعد وہ بولا۔ " برسوں پرانی بات ہے۔ آپ شاید اس رات گھر سے غائب ہو گئے تھے جب ہمارے یہاں ڈاکہ پڑا تھا۔ آپ کہاں چلے گئے تھے؟ پھر آپ اتنے دن تک کہاں غائب رہے؟"

" ڈاکہ پڑا تو ڈاکو میری کوٹھری میں بھی گھس آئے تھے۔ انہوں نے مجھے مار مار کر سیٹھ جی کی چھپی ہوئی دولت کے بارے میں معلوم کرنا چاہا۔ میں نے کہہ دیا کہ مجھے کچھ نہیں معلوم۔ لیکن ڈاکوؤں کو شک تھا کہ میں سب کچھ جانتا ہوں۔ جاتے جاتے وہ غصے میں مجھے اور شارق کو بے ہوش کر کے اپنے اڈّے پر لیتے گئے۔ وہاں انہوں نے مجھ پر بڑی سختیاں کیں اور آپ کے وہاں کا بھید لینا چاہا لیکن جب میں نے ان کے ظلموں کے باوجود کچھ نہ قبول کیا تو یہ یقین کر کے کہ میں واقعی کچھ نہیں جانتا' وہ مجھے اور شارق کو بے ہوش کر کے ایک سنسان جگہ پر ڈال گئے۔ ہوش آنے پر پتہ چلا کہ میں اپنے شہر سے بہت دور ہوں۔ آپ کے گھر جانے کا سوال ہی نہیں پیدا ہوتا تھا۔ اوّل تو سیٹھ جی مجھے نوکری سے نکال چکے تھے' دوسرے ڈاکے والی رات میں اچانک غائب ہو جانے سے انہوں نے یہی رائے قائم کی ہو گی کہ میں ڈاکوؤں سے ملا ہوا ہوں۔ بس پھر دو ایک روز تک ادھر ادھر بھٹکنے کے بعد میں کرامت خاں کی ملازمت میں آ گیا تھا۔"

" آپ کا خیال غلط ہے۔" اسلم بولا۔ "ڈاکے کی اگلی صبح پولیس نے آپ پر

شک ظاہر کیا تھا لیکن ابا نے اسے ماننے سے انکار کر دیا تھا۔ ان کے خیال میں اگر آپ ڈاکوؤں کے ساتھی ہوتے تو گھر کے اندر چھپی ہوئی وہ دولت بھی ڈاکو لے جاتے جس کے بارے میں آپ کو معلوم تھا۔ لیکن ایسا نہیں ہوا۔ بہت کچھ چلا گیا تھا' پھر بھی بہت کچھ بچ گیا تھا۔ اصل میں ڈاکوؤں نے ابا کو رسّی سے ایک کرسی پر جکڑ کر ان پر بہت تشدد کیا تھا۔ اس لئے ابا کا خیال تھا کہ گھر کا پرانا ملازم ہونے کے ناطے ڈاکوؤں نے آپ کو بھی بڑا نقصان پہنچایا ہے۔ سچ پوچھئے تو آپ کے غائب ہو جانے کے کچھ دن کے بعد ابا کو آپ کے ساتھ اپنے سلوک پر پچھتاوا بھی ہوا تھا۔"

"خدا کا لاکھ لاکھ شکر ہے کہ سیٹھ جی نے مجھے بے ایمان نہیں سمجھا۔ مجید نے افسردہ آواز میں کہا۔ "میں کسی دن ان کی قدم بوسی کے لئے حاضر ہوں گا۔"

"کیا ایسا نہیں ہو سکتا کہ آپ پھر سے ہمارے ساتھ رہنے لگیں؟" اسلم نے پوچھا۔ "میں ایک شکر کی فیکٹری قائم کرنے والا ہوں۔ شارق کی تعلیم مکمل ہونے کے بعد اسے اس فیکٹری کا منیجر بنا دوں گا۔"

"شارق کے بارے میں آپ اس سے پوچھ لیجئے گا لیکن میں اپنی باقی زندگی کرامت خاں کی خدمت میں ہی گزارنا چاہتا ہوں۔ انہوں نے مجھے بہت برے وقت میں سہارا دیا تھا۔"

مجید کی بات سن کر اسلم کا چہرہ اتر گیا۔ تھوڑی دیر کمرے میں خاموشی رہی۔

"پانی شاید رک گیا ہے۔ اب میں چلوں گا۔" اسلم نے اٹھتے ہوئے کہا۔

"رات میں یہیں رکئے۔ صبح چلے جایئے گا۔"

"میرا جلد سے جلد گھر پہنچنا ضروری ہے۔" اسلم نے اپنے بھیگے ہوئے کپڑے بریف کیس میں رکھتے ہوئے کہا۔ "ابا کافی ضعیف ہو گئے ہیں اور ان کی طبیعت بھی ٹھیک نہیں رہتی ہے۔"

دونوں مکان سے باہر نکلے۔ موسم صاف ہو چکا تھا۔ اِکّا دکّا بوندیں گر رہی تھیں۔ اسلم نے جیب سے کچھ نوٹ نکال کر مجید کو دینا چاہے۔ لیکن مجید نے ہاتھ جوڑ

کر روپے لینے سے انکار کردیا۔ اس نے اندر سے ایک کپڑا لاکر موٹر سائیکل صاف کی۔ اور اسلم نے اس کی اگلی روشنی جلادی۔

"میں نے آپ کو ایک بات نہیں بتائی۔" اسلم نے مجید کی آنکھوں میں دیکھتے ہوئے بڑے دکھ کے ساتھ کہا" آپ کے غائب ہو جانے کے سال بھر بعد کارخانے میں کچھ نئی مشینوں کا معائنہ کرتے ہوئے ایک مشین کی لپیٹ میں آجانے سے ابّا کا بایاں ہاتھ جڑ سے اکھڑ کر الگ ہو گیا تھا"

"کیا! سیٹھ جی کا ہاتھ ـــــ"

لیکن اسلم نے مجید کی پوری بات نہیں سنی۔ وہ موٹر سائیکل اسٹارٹ کر کے اس پر بیٹھ چکا تھا دوسرے ہی لمحے موٹر سائیکل سڑک پر پہنچ کر فراٹے بھرتی ہوئی مجید کی نظروں سے اوجھل ہو گئی۔

(۱۹۸۰)

دو راستے

دس بج چکے تھے۔ رات انتہائی سرد تھی۔ چاروں طرف پھیلی ہوئی چاندنی بڑی بھلی لگ رہی تھی۔ ڈاکٹر انوار کی کار سنسان سڑک پر دوڑ رہی تھی۔ ڈاکٹر انوار خود ہی کار ڈرائیو کر رہے تھے۔ وہ پچیس چھبیس برس کے خوب صورت جوان تھے۔ آج دن میں وہ اپنے ایک دوست کی شادی میں شرکت کرنے کے لئے بریلی گئے تھے۔ نکاح کی رسم مغرب کے بعد ادا ہوئی۔ ڈاکٹر انوار نے بہت چاہا کہ وہ نکاح کے فوراً بعد واپس چل دیں، لیکن اُن کے دوست نے انہیں کھانے پر روک لیا۔ ان کے دوست تو چاہتے تھے کہ وہ اس روز بریلی میں ہی ٹھیر جائیں، لیکن ڈاکٹر انوار ایک دوسرے ڈاکٹر سے کار لے کر آئے تھے۔ اگلی صبح انہیں کار بھی واپس کرنا تھی اور ہسپتال میں ڈیوٹی بھی دینا تھی۔ اس کے علاوہ شاہ جہاں پور میں ان کی بیوی بھی گھر پر اکیلی تھیں۔ رات کو ان کے گھر نہ پہنچنے سے وہ پریشان ہو جاتیں۔ پھر بھی ڈاکٹر انوار ساڑھے نو بجے کے بعد ہی واپس روانہ ہو سکے تھے۔ اور اب ان کی کار بریلی سے شاہ جہاں پور تک کا آدھا فاصلہ طے کر چکی تھی۔

اچانک ڈاکٹر انوار چونک پڑے۔ لگ بھگ آدھا فرلانگ آگے، سڑک کے بائیں کنارے پر انہیں ایک شخص اوندھا پڑا نظر آرہا تھا۔ اس کے پاس اور کوئی موجود نہیں تھا۔ وہ شخص معلوم نہیں مردہ تھا یا بے ہوش۔ ڈاکٹر انوار ایک رحم دل انسان تھے۔ ان کے لئے اس بے بس انسان کو نظر انداز کر کے آگے بڑھ جانا ممکن نہ تھا۔ انہوں نے اس شخص کے قریب پہنچ کر سڑک کے کنارے اپنی کار روک دی اور نیچے اتر آئے۔ وہ سوچ رہے تھے کہ اگر وہ شخص زندہ ہوا تو وہ اس کی کچھ نہ کچھ مدد ضرور کر سکیں گے۔ فرسٹ ایڈ بکس اس وقت بھی ان کی کار میں موجود تھا۔ لیکن وہ جیسے ہی اُس شخص کے قریب پہنچے، انہیں ایک زبردست جھٹکا لگا۔ وہ شخص اُچھل کر سیدھا کھڑا ہو گیا تھا اور اس کے ہاتھ میں ریوالور تھا، جس کا رُخ ڈاکٹر انوار کی طرف تھا۔ ڈاکٹر انوار اس شخص کا چہرہ نہیں دیکھ سکے، کیوں کہ وہ نقاب میں چھپا ہوا تھا۔ اور پھر ڈاکٹر انوار کو یہ بات سمجھنے میں دیر نہیں لگی کہ وہ ایک جال میں پھنس چکے ہیں کیوں کہ اِدھر اُدھر سے نکل کر پانچ اور نقاب پوشوں نے انہیں گھیر لیا تھا۔

"کار کو سڑک سے ہٹا کر کار کی تلاشی لو۔" ریوالور والے نے اپنے ایک ساتھی کی طرف دیکھ کر کہا۔ پھر وہ ڈاکٹر انوار سے بولا "اور تم ادھر چلو"۔

جس جگہ وہ لوگ کھڑے تھے، وہاں سے بائیں طرف آموں کے باغ تھے اور ان باغوں کے بیچ میں سے ایک کچی سڑک بل کھاتی ہوئی چلی گئی تھی۔ ریوالور والے نے ڈاکٹر انوار کو اسی کچی سڑک پر چلنے کا اشارہ کیا تھا۔ ڈاکٹر انوار خاموشی سے اس کچی سڑک پر چل دیئے۔ ریوالور والا اپنے چار ساتھیوں کے ساتھ ان کے پیچھے چل رہا تھا۔ چھٹا نقاب پوش ڈاکٹر انوار کی کار لے کر اسی کچی سڑک پر آگے جا چکا تھا۔ کچھ دُور چلنے کے بعد ریوالور والے نے ڈاکٹر انوار سے ایک باغ میں چلنے کو کہا۔ ڈاکٹر انوار باغ میں داخل ہو گئے۔ وہ سوچ رہے تھے کہ شاید آس پاس کوئی بستی موجود نہیں ہے، ورنہ کوئی نہ کوئی بھولا بھٹکا آدمی ضرور نظر آیا ہوتا۔ باغ کے بیچ میں پہنچ کر ریوالور والے نے ان سے رُکنے کو کہا۔ وہ رُک گئے اور نقاب پوشوں نے ایک بار پھر انہیں گھیرے میں لے لیا۔

باغ زیادہ گھنا نہیں تھا۔ چاند کی روشنی اندر تک پہنچ رہی تھی۔ اس روشنی میں ڈاکٹر انوار ان نقاب پوشوں کے تیور سمجھنے کی کوشش کر رہے تھے۔

"تمہارے ساتھ زبردستی کرنا پڑے گی یا تم خوشی سے اپنی رقم اور مال ہمارے حوالے کردو گے؟" ریوالور والے نے سرد آواز میں ڈاکٹر انوار سے پوچھا۔

ڈاکٹر انوار نے کوئی جواب دینے کی بجائے جیب سے اپنا پرس نکال کر ریوالور والے کی طرف بڑھا دیا۔ ریوالور والے نے ایک دوسرے نقاب پوش کو اشارہ کیا، جس نے آگے بڑھ کر پرس لے لیا۔ اس کے بعد ڈاکٹر انوار نے اپنی انگلی میں سے انگوٹھی اور کلائی پر سے گھڑی اُتار کر بھی اُس نقاب پوش کو دے دی۔

"اور کچھ؟" ریوالور والے نے پوچھا۔

"اور کوئی قیمتی چیز میرے پاس نہیں ہے" ڈاکٹر انوار نے پہلی بار زبان کھولی۔ "کار تمہارا ساتھی پہلے ہی لے جاچکا ہے۔"

"کار تمہیں واپس کردی جائے گی۔ اسے صرف اس لئے سڑک سے ہٹایا گیا ہے کہ ادھر سے گزرنے والا کوئی دوسرا مسافر کار دیکھ کر سوچ بچار میں نہ پڑ جائے۔" ریوالور والے نے کہا، پھر اپنے ساتھیوں پر سرسری نظر ڈالتا ہوا بڑبڑایا "لیکن وہ ابھی تک کار کی تلاشی لے کر کیوں نہیں لوٹا؟"

اُسی وقت وہ نقاب پوش جو کار لے گیا تھا، باغ میں پہنچ گیا۔ ریوالور والے نے اس کی طرف دیکھ کر سوالیہ انداز میں اپنے سر کو جنبش دی۔

"کار میں کوئی قیمتی چیز نہیں ملی۔ دواؤں کا بکس ضرور رکھا ہوا ہے۔ شاید یہ شخص ڈاکٹر ہے" آنے والے نقاب پوش نے کہا۔

"کیوں تم ڈاکٹر ہو؟ ریوالور والے نے ڈاکٹر انوار سے پوچھا۔

"ہاں۔" ڈاکٹر انوار نے اثبات میں سر ہلا دیا "میرا نام ڈاکٹر انوار ہے"۔

"تمہاری بدقسمتی تھی کہ تم ہمارے ہاتھ لگے اور اب اس سے بھی بڑی بدقسمتی یہ ہے کہ تم ڈاکٹر ہو۔" ریوالور والے نے کہا۔

"کیا مطلب؟" ڈاکٹر انوار چونکے۔

"میں دنیا کے سارے ڈاکٹروں کا دشمن ہوں۔ اگر کبھی کوئی ڈاکٹر میرے ہتھے

چڑھتا ہے تو میں اُسے صرف لوٹ کر نہیں چھوڑ دیتا، بلکہ اس کے جسم سے اس کی جان بھی نکال لیتا ہوں۔"

"لیکن تم ڈاکٹروں کے دشمن کیوں ہو؟" ڈاکٹر انوار نے پوچھا۔

"اس لئے کہ ڈاکٹر خود غرض اور لالچی ہوتے ہیں۔"

ریوالور والے نے غرّاتے ہوئے کہا "بارہ برس پرانی بات ہے۔ اس وقت میں ہائی اسکول میں پڑھتا تھا۔ ان ہی دنوں میرا باپ سخت بیمار ہوگیا۔ وہ ایک معمولی بڑھئی تھا۔ اسے بیماری کی حالت میں بھی کام کرنا پڑتا تھا۔ اگر وہ کام نہ کرتا تو ہم دونوں بھوکے مر جاتے۔ جب مرض بہت بڑھ گیا تو ایک دن وہ مجھے ساتھ لے کر سرکاری ہسپتال گیا۔ ہسپتال میں کسی ڈاکٹر نے بھی اُسے دیکھنے کی زحمت گوارا نہ کی۔ ایک کمپاؤنڈر نے ترس کھا کر میرا باپ سے اس کی بیماری کا حال پوچھ کر دو دن کی دوا دے دی۔ میرا باپ ڈاکٹر سے مشورہ کرنا چاہتا تھا۔ اس کی بات سن کر کمپاؤنڈر نے صاف صاف کہہ دیا کہ ہسپتال کے ڈاکٹر صرف ان مریضوں کو دیکھتے ہیں جو اُن کی فیس ادا کر سکیں۔ مجھے اور میرے باپ کو بڑی حیرت ہوئی کہ سرکاری ہسپتال کے ڈاکٹروں کی فیس کیسی؟ ہم دونوں دوا لے کر چلے آئے۔ دو دن کے بعد میرا باپ ہسپتال گیا، لیکن اس روز بھی ڈاکٹروں نے اس کی طرف دھیان نہیں دیا۔ بس کمپاؤنڈر نے دو دن کی دوا اور دے دی۔ میرے باپ نے یہ دوا بھی استعمال کی، لیکن کوئی فائدہ نہ ہوا۔ آخر سرکاری ہسپتال کے ڈاکٹروں سے مایوس ہو کر ایک روز میرا باپ میرے ساتھ ایک پرائیویٹ ڈاکٹر کی دکان پر گیا۔ وہاں پہلے سے کئی مریض موجود تھے۔ ہم دونوں ایک بینچ پر بیٹھ گئے۔ ڈاکٹر باری باری مریضوں کو دیکھ رہا تھا۔ پہلے سے آئے ہوئے مریض کو دیکھنے کے بعد اس نے میرے باپ کا معائنہ کیا اور نسخہ لکھ کر دوا بنانے کے لئے کمپاؤنڈر کو دے دیا۔ اس کے بعد ڈاکٹر بعد میں آنے والے مریضوں کو دیکھنے لگا۔ تھوڑی دیر کے بعد کمپاؤنڈر نے میرے باپ کی دوا لا کر ڈاکٹر کی میز پر رکھ دی۔ ڈاکٹر نے دوا کی قیمت گیارہ روپے مانگی۔ میرے باپ کے پاس اُس وقت صرف دس روپے تھے۔ اس نے دس روپے ڈاکٹر کو دے کر کہا کہ وہ اگلے روز دوا لینے آئے گا تو ایک روپیہ اور دے دے گا۔ لیکن ڈاکٹر نے پوری قیمت حاصل کئے بغیر دوا دینے سے انکار کر دیا۔ مجبوراً

میرے باپ کو وہاں سے دوا لئے بغیر چلا آنا پڑا۔ مجھے ڈاکٹر پر بہت غصہ آیا تھا، لیکن میں ایک بے بس لڑکا تھا۔ کچھ کر نہیں سکتا تھا۔ میں نے اپنے باپ سے کسی اور ڈاکٹر کے پاس چلنے کو کہا لیکن اس نے یہ کہہ کر انکار کر دیا کہ علاج کے لئے ڈھیر سے روپیوں کی ضرورت پڑے گی اور اس کی حیثیت اتنے روپے خرچ کرنے کی نہیں ہے۔ اس بے رحم ڈاکٹر کی دکان پر موجود دوسرے مریضوں کے سامنے میرے باپ کو جو شرمندگی ہوئی تھی، اس کی وجہ سے وہ گھر آکر بستر سے لگ گیا، اور ایسا لگا کہ پھر نہ اُٹھ سکا۔ چند روز میں ہی اس کا انتقال ہو گیا۔"

ریوالور والے کی کہانی سن کر ڈاکٹر انوار سناٹے میں آگئے۔ چند لمحوں کے لئے باغ میں خاموشی چھاگئی۔ پھر ریوالور والے نے تلخ آواز میں کہا "یہ ہے ڈاکٹروں سے میری نفرت کی وجہ۔ ماں بچپن میں مر چکی تھی۔ باپ کے مرنے کے بعد میں بالکل بے سہارا رہ گیا۔ باپ نے مجھے بڑھئی کا کام سکھا دیا تھا۔ اب پڑھائی چھوڑ کر مجھے یہی کام شروع کرنا پڑا۔ لیکن ہر وقت میری آنکھوں کے سامنے اپنے بیمار باپ کی صورت گھومتی رہتی تھی اور مجھے ایسا لگتا تھا جیسے میرا باپ مجھ سے کہہ رہا ہو کہ تم اس ڈاکٹر سے میری موت کا بدلہ ضرور لینا۔ سچ تو یہ ہے کہ اپنے باپ کا علاج نہ ہو سکنے سے صرف اُسی ڈاکٹر کو نہیں، میں نے سارے ہی ڈاکٹروں کو اپنا دشمن سمجھ لیا تھا۔ میں بُری طرح بدلے کی آگ میں جھلس رہا تھا۔ سوچتے سوچتے آخر ایک تدبیر میری سمجھ میں آگئی۔ قریب کے ایک علاقے میں ایک بہت نامی بدمعاش رہتا تھا۔ ایک روز میں اس کے پاس گیا اور اُسے اپنے بارے میں سب کچھ بتا دیا۔ میری دُکھ بھری داستان سن کر بدمعاش کو مجھ پر رحم آگیا اور اس نے مجھے اپنا شاگرد بنالیا۔ میں نے دل و جان سے اس کی خدمت کی اور اس نے بھی مجھے بہت سے ہُنر سکھائے۔ تین سال کے بعد میں اس قابل ہو گیا کہ اس ڈاکٹر سے انتقام لے سکتا تھا جس نے صرف ایک روپے کی وجہ سے میرے باپ کو دوا نہیں دی تھی۔ ایک روز رات کو جب وہ ڈاکٹر کار میں اپنی دکان سے گھر جا رہا تھا تو ایک سنسان جگہ پر میں نے اس کی کار رُکوالی۔ کار میں وہ اکیلا تھا۔ میں نے اُسے فوراً گولی مار کر ختم کر دیا۔ آس پاس کوئی موجود نہیں تھا اس لئے پولیس بھی مجھ تک نہیں پہنچ سکی۔"

ریوالور والا اپنے بارے میں بتا رہا تھا اور ڈاکٹر انوار گم صم کھڑے ہوئے تھے۔ ریوالور والے نے آگے کہا۔ "چند برس اور گزرنے کے بعد وہ نامی بدمعاش ایک حادثے میں چل بسا۔ پھر میں نے اپنا گروہ بنالیا۔ میرے گروہ میں صرف ایسے لوگ شامل ہیں جنہیں دنیا والوں نے کسی نہ کسی طرح پننے کی کوشش کی ہے اور اب یہ لوگ دنیا والوں سے انتقام لے رہے ہیں۔ میں خود اب تک چار ڈاکٹروں کو ٹھکانے لگا چکا ہوں۔ آج تمہاری باری ہے۔ مرنے کے لئے تیار ہو جاؤ۔"

"میں مرنے سے نہیں ڈرتا۔" ڈاکٹر انوار نے مضبوط آواز میں کہا۔ "لیکن میں تم سے ایک بات ضرور پوچھنا چاہوں گا۔"

"اگر یہ تمہاری آخری خواہش ہے تو ضرور پوچھو۔"

"جس ڈاکٹر نے صرف ایک روپے کی وجہ سے تمہارے والد کو دوا دینے سے انکار کر دیا تھا کیا وہ ڈاکٹر ساجد تھے؟"

ریوالور والے نے اثبات میں سر ہلا دیا۔

"اب ذرا سوچ کر بتاؤ کہ جب تمہارے والد دوا لئے بغیر ڈاکٹر ساجد کی ڈسپنسری سے لوٹنے لگے تھے تو کیا وہاں کسی اور مریض نے ان کی مدد کرنے کی کوشش کی تھی؟"

"ہاں، مجھے اچھی طرح یاد ہے کہ اس وقت بعد میں آنے والے ایک مریض نے میرے باپ کو اپنی جیب سے ایک روپیہ دینا چاہا تھا تاکہ وہ پوری قیمت ادا کر کے دوا لے لیں۔ لیکن میرے باپ نے اس مریض کی پیش کش منظور نہیں کی تھی۔ وہ مریض واقعی کوئی درد مند انسان تھا۔ وہ میرے باپ کی ہی عمر کا ہوگا، اور جہاں تک میرا خیال ہے اس کے ساتھ میرا ہم عمر ایک لڑکا بھی تھا۔" ریوالور والے نے جواب دیا۔ "لیکن تمہیں یہ سب کیسے معلوم ہوا؟"

"اس لئے کہ وہ دوسرا مریض کوئی اور نہیں، میرے والد تھے اور ان کے ساتھ جو لڑکا تھا، وہ میں خود تھا۔"

"کیا؟" ریوالور والے کی آواز حیرت میں ڈوب گئی۔

"ہاں، یہ سچ ہے جس حادثے نے تمہیں لٹیرا اور قاتل بنادیا تھا، اُسی واقعہ نے مجھے ڈاکٹر بننے پر مجبور کردیا تھا۔" ڈاکٹر انوار بولے "جب تمہارے والد دوا لئے بغیر چلے گئے تھے تو میرے والد نے بھی ڈاکٹر ساجد سے اپنا علاج کرانا پسند نہیں کیا تھا۔ ان کے خیال میں جو ڈاکٹر روپے کی خاطر مریض کی زندگی کی پروانہ کرتا ہو، وہ کسی طرح بھی ڈاکٹر بننے کا حق دار نہیں ہوسکتا۔ تمہارے والد کے ساتھ ڈاکٹر ساجد کے رویّہ سے انہیں بڑی تکلیف پہنچی تھی اور انہوں نے خواہش ظاہر کی تھی کہ میں پڑھ لکھ کر ڈاکٹر بنوں اور اپنی طرف سے غریب مریضوں کو زیادہ سے زیادہ سہولت دینے کی کوشش کروں۔ میرے والد بھی زیادہ دن زندہ نہیں رہے تھے۔ وہ ایک پرائمری اسکول میں ماسٹر تھے۔ اس طرح میرے حالات بھی بہت کچھ تمہارے جیسے تھے۔ والدہ پہلے مرچکی تھیں اور اس وقت میں بھی ہائی اسکول میں پڑھتا تھا۔ والد کے بعد مجھے چھوٹے درجے کے طالب علموں کے ٹیوشن بھی کرنے پڑے اور ادھر اُدھر دکانوں پر تھوڑی تھوڑی دیر لکھا پڑھی کا کام بھی کرنا پڑا۔ کسی نہ کسی طرح میں نے اپنی تعلیم جاری رکھی۔ آخر دس سال جدّو جہد کرنے کے بعد میں اپنے والد کی خواہش کے مطابق ڈاکٹر بننے میں کام یاب ہوگیا۔ ڈاکٹری کا امتحان پاس کرنے کے بعد میں نے اپنے ہی شہر میں ڈاکٹر حمید کے ہسپتال میں مُلازمت کرلی۔ ڈاکٹر حمید ایک مہربان انسان ہیں۔ جو مریض اُن کے ہسپتال کے اخراجات نہیں برداشت کرسکتے، ان کے ساتھ وہ خاص رعایت برتتے ہیں۔ ایسے مریضوں کی کچھ نہ کچھ مدد کرنے کی میں بھی کوشش کرتا ہوں۔

"بہر حال ڈاکٹر بننے کے بعد میں خوش تھا کہ ڈاکٹر ساجد جیسے بے رحم ڈاکٹروں سے مایوس ہونے والے مریضوں کی زندگی میں خوشی کے رنگ بکھیرنے کی کوشش کررہاہوں۔ لیکن آج مجھے محسوس ہورہا ہے جیسے میری اب تک کی ساری محنت بے کار گئی ہو، کیوں کہ جس غریب انسان کی بے بسی نے مجھے ڈاکٹر بننے کا حوصلہ بخشا تھا، آج اسی کا بیٹا مجھے ایک ظالم ڈاکٹر سمجھ کر قتل کرنے جارہا ہے۔"

ڈاکٹر انوار خاموش ہوئے تو ریوالور والے کا وہ ہاتھ جس میں اس نے ریوالور پکڑ رکھا تھا، نیچے جھکتا چلا گیا۔ دوسرے نقاب پوش بھی دم بخود کھڑے تھے۔

"ڈاکٹر صاحب کی ساری چیزیں واپس کردو۔"

آخر ریوالور والے نے بھرائی ہوئی آواز میں اپنے ساتھیوں سے کہا اور جب ڈاکٹر انوار کو ان کی گھڑی، انگوٹھی اور پرس واپس مل گئے تو ریوالور والا اپنے قریب کھڑے ہوئے نقاب پوش سے بولا "کار باغ کے پاس لاؤ اور ڈاکٹر صاحب کو عزّت کے ساتھ واپس کرو۔"

نقاب پوش باغ سے چلا گیا تو ڈاکٹر انوار نے چیختی ہوئی آواز میں پوچھا "کیوں اب تم مجھے قتل نہیں کروگے؟"

"ڈاکٹر صاحب آج تک میں نے جو کچھ کیا اسی کو ٹھیک سمجھتا تھا۔" ریوالور والے نے مدّھم آواز میں کہا "لیکن اس وقت آپ سے مل کر مجھے اندازہ ہوا ہے کہ برے لوگوں کو ختم کرنے کے لئے خود برا بن جانا کوئی اچھی بات نہیں ہے۔ اس کے علاوہ یہ بھی ضروری نہیں کہ اگر ایک آدمی خراب ہے تو اس کے دُوسرے ہم پیشہ بھی خراب ہوں۔ اب تک میں نے چار ڈاکٹروں کو جان سے مارا ہے ہوسکتا ہے کہ ان میں سے ڈاکٹر ساجد کو چھوڑ کر باقی ڈاکٹر غریبوں کے ہمدرد رہے ہوں۔ اس طرح میں نے انہیں ختم کرکے اپنی تسکین تو کرلی، لیکن ساتھ ہی ہزاروں ضرورت مندوں کا نقصان بھی کردیا۔ آج مجھے اپنے کئے پر پچھتاوا ہو رہا ہے۔"

"اگر تم واقعی شرمندہ ہو تو میں تمہیں مشورہ دوں گا کہ تم نے جو غلط راستہ اختیار کر رکھا ہے اُسے چھوڑ کر صحیح راستے پر آجاؤ۔" ڈاکٹر انوار نے نرم لہجے میں کہا۔

"اس سلسلے میں اگر تمہیں میری مدد کی ضرورت پڑے تو بے خوف ہو کر چلے آنا۔ میں تمہیں ہر دُشواری سے بچانے کی کوشش کروں گا۔"

اسی وقت وہ نقاب پوش جو کار لینے گیا تھا، باغ میں لوٹ آیا۔ ڈاکٹر انوار نے رخصت ہونے سے پہلے ریوالور والے اور اس کے ساتھیوں سے بڑے دوستانہ انداز میں ہاتھ ملایا۔

تھوڑی دیر کے بعد ڈاکٹر انوار کار میں واپسی کا باقی سفر طے کر رہے تھے۔ ان کی

نظریں پرُ خیال انداز میں سامنے سڑک پر جمی ہوئی تھیں اور وہ سوچ رہے تھے کہ جب تک ہمارے سماج میں لوگوں کے کردار بلند نہیں ہوں گے اور جب تک غریبوں کے ساتھ ہمدردانہ برتاؤ نہیں کیا جائے گا، اُس وقت تک بے شمار نا سمجھ انسان بھٹک کر غلط راستے پر جاتے رہیں گے اور سماج کے لئے ایک ایسا خطرہ بنتے رہیں گے جس کا شکار کوئی بھی بے قصور شہری کسی وقت بھی ہو سکتا ہے۔

(۱۹۸۲)

جیت

کسی ریاست میں دو مشہور درزی رہتے تھے۔ ان میں سے ایک کا نام اعجاز علی تھا، دوسرے کا مولوی مصطفیٰ۔ دونوں اپنے فن میں اتنے ماہر تھے کہ کوئی اور درزی ان کا مقابلہ نہیں کر سکتا تھا۔ ہر سال بادشاہ کی طرف سے درزیوں کے لئے ایک مقابلے کا انتظام کیا جاتا تھا۔ اس مقابلے میں اعجاز علی اور مولوی مصطفیٰ کے علاوہ بہت سے دوسرے درزی بھی حصہ لیا کرتے تھے۔ مقابلے میں حصہ لینے والے ہر درزی کو اپنی پسند کے مطابق بادشاہ کے لئے ایک پوشاک سینا ہوتی تھی۔ ہر درزی کو پوشاک کے لئے کپڑا اور دوسرا ضروری سامان بادشاہ کی طرف سے دے دیا جاتا تھا۔ مقررہ تاریخ پر سب درزیوں کو اپنی اپنی پوشاک دربار میں لے جاکر بادشاہ کے حضور میں پیش کرنا پڑتی تھی۔ کچھ حاکم جو سلے ہوئے کپڑے کی اچھی پرکھ رکھتے تھے، ان پوشاکوں کا معائنہ کرتے تھے اور سب سے اچھی پوشاک بادشاہ کے سامنے پیش کر دیتے تھے۔ اسی پوشاک کو بہترین پوشاک قرار دیا جاتا تھا۔ بہترین پوشاک سینے والے درزی کو نہ صرف بادشاہ انعام و اکرام سے نوازتا تھا، بلکہ اس درزی کو سارے شاہی خاندان کے کپڑے سینے کا حق بھی مل جاتا تھا۔

اعجاز علی اور مولوی مصطفےٰ کی مہارت کا اندازہ اسی بات سے لگایا جاسکتا ہے کہ پچھلے بیس سال سے لگاتار ہر مقابلے میں ان ہی دونوں کی سی ہوئی پوشاکوں کو بہترین قرار دیا جاتا رہا تھا۔ ایک بار بھی ایسا نہیں ہوا تھا کہ ان میں سے صرف کسی ایک کی سی ہوئی پوشاک کو اوّل نمبر دیا گیا ہو یا اُن کے علاوہ کسی تیسرے درزی کی پوشاک کو بہترین پوشاک قرار دے دیا گیا ہو۔ اس طرح اعجاز علی اور مولوی مصطفےٰ دونوں کو مسلسل بیس سال سے شاہی درزی ہونے کا فخر حاصل تھا۔

اعجاز علی اور مولوی مصطفےٰ کی عمر پچاس کے لگ بھگ تھی۔ دونوں کی تن درستی بھی اچھی تھی۔ لیکن انسانی زندگی کا کوئی بھروسا نہیں۔ نہیں کہا جاسکتا کہ یہ کب تک چلے اور کب ختم ہو جائے۔ اعجاز علی کے ساتھ یہی ہوا۔ ایک سردی کے موسم میں انہیں زبردست ٹھنڈ لگی اور اچھے سے اچھے علاج کے باوجود چند روز میں ہی ان کا انتقال ہو گیا۔ اُنھوں نے اپنے پیچھے اپنی بیوی زرینہ اور بارہ سال کے اکلوتے بیٹے جمال کو چھوڑا۔

اعجاز علی کے گزرنے کے بعد زرینہ کو روپے پیسے کی تنگی بالکل نہیں ہوئی۔ اعجاز علی نے کافی جائداد اور رقم بیوی اور بیٹے کے لئے چھوڑی تھی۔ اس کے علاوہ ان کے انتقال کے بعد بادشاہ کی طرف سے بھی زرینہ اور جمال کے لئے معقول گزارے کا انتظام کردیا گیا تھا۔ لیکن ایک بات زرینہ کو ضرور پریشان کررہی تھی۔ اعجاز علی کہا کرتے تھے کہ وہ جمال کو بڑا ہونے پر اپنے سے بھی زیادہ ہنر مند درزی بنائیں گے۔ ان کی خواہش بیٹے کو درزیوں کی صف میں سب سے آگے دیکھنے کی تھی۔ لیکن اب اُن کی یہ خواہش کیسے پوری ہو سکتی تھی؟ خود ان کا انتقال ایسے وقت پر ہو گیا تھا کہ جب جمال مدرسے میں تعلیم حاصل کر رہا تھا اور ابھی اس نے سوئی ہاتھ میں پکڑنے کی مشق بھی نہیں شروع کی تھی۔

زرینہ یہ سوچ سوچ کر فکر مند رہنے لگی کہ اپنے مرحوم شوہر کے خواب کو کس طرح پورا کرے۔ آخر بہت دن تک سوچنے سمجھنے کے بعد اُس نے اپنے دل میں ایک

فیصلہ کر لیا۔ اسی فیصلے کی روشنی میں اُس نے جمال کو گھر پر خود ہی سوئی اور دھاگے سے سلائی سکھانا شروع کر دی۔

اُس زمانے میں کپڑا سینے کی مشین نہیں ہوتی تھیں۔ سارے کپڑے ہاتھ سے سئے جاتے تھے۔ زرینہ کی اَن تھک محنت اور جمال کے شوق کی بناء پر ایک سال کے اندر ہی جمال نے اچھا خاصا سینا سیکھ لیا۔ لیکن یہ تو محض آغاز تھا۔ اُس کے سئے ہوئے کپڑوں میں ابھی زیادہ خوب صورتی اور صفائی نہیں ہوتی تھی۔ زرینہ اُسے اپنے شوہر اعجاز علی جیسا باکمال درزی بنانا چاہتی تھی۔ یہ کیسے ممکن تھا؟ اعجاز علی کا شمار تو اُستادوں میں ہوتا تھا۔ کسی اُستاد کا کمال حاصل کرنے کے لئے برسوں کی ریاضت کے علاوہ کسی اچھے اُستاد کی رہنمائی بھی ضروری ہوتی ہے۔ لیکن زرینہ نے اس مشکل کا حل پہلے ہی سوچ لیا تھا۔

ایک روز صبح کو زرینہ نے چہرے پر نقاب ڈالا اور جمال کے ساتھ مولوی مصطفےٰ کے مکان پر پہنچ گئی۔ مولوی صاحب گھر پر تنہا تھے۔ وہ دالان میں بچھی ہوئی چٹائی پر بیٹھے تھے۔ ان کے سامنے یک قیمتی کپڑا پھیلا ہوا تھا اور وہ اُس کپڑے پر سُوئی دھاگے سے اپنا فن دکھا رہے تھے۔

زرینہ اور جمال نے انہیں سلام کیا۔ مولوی صاحب نے سلام کا جواب دیتے ہوئے اس طرح ان دونوں کی طرف دیکھا جیسے پہچاننے کی کوشش کر رہے ہوں۔

"میں مرحوم اعجاز علی کی بیوی ہوں۔" زرینہ بولی "اور یہ میرا بیٹا جمال ہے۔"

"آپ کے اچانک یہاں آنے پر مجھے حیرت بھی ہے اور خوشی بھی۔" مولوی صاحب نے نرمی سے کہا۔ "میں آپ کی کیا خدمت کر سکتا ہوں؟"

"میرے شوہر کی خواہش تھی کہ وہ اپنے بیٹے کو اپنا سارا ہنر سکھاتے۔ وہ جمال کو اعلیٰ درجے کا درزی بنانا چاہتے تھے۔ لیکن اچانک موت نے انہیں اس کام کی مہلت نہ دی۔ وہ ہمیشہ آپ کی بہت تعریف کرتے تھے۔ ان کا کہنا تھا کہ یہ خدا کی مہربانی ہے کہ اس نے انہیں آپ کے برابر کا درجہ دے رکھا ہے ورنہ حقیقت میں آپ کے ہاتھ

میں جو کمال ہے، وہ ان کے ہاتھ میں نہیں ہے"۔ زرینہ نے آہستہ آہستہ رُک رُک کر کہا" میری درخواست ہے کہ آپ جمال کو اپنی شاگردی میں لے لیں، تاکہ میرے مرحوم شوہر کا وہ خواب پورا ہوسکے جو وہ اپنے بیٹے کے لئے دیکھا کرتے تھے۔"

"اعجاز علی بہت عمدہ کاری گر تھے۔ میں خود ان کی فن کاری دیکھ کر دنگ رہ جاتا تھا۔ یہ ان کا بڑا پن تھا کہ وہ میرے کام کو سراہتے تھے۔" مولوی صاحب نے کہا" گزشتہ کئی سال سے میں نے شاگرد بنانے چھوڑ دیئے ہیں۔ کام بھی کم کردیا ہے۔ صرف شاہی افراد کے لباس تیار کرتا ہوں۔ اس لئے مناسب ہوگا کہ آپ جمال کو کسی اور اُستاد کی شاگردی میں دے دیں۔"

"کسی دوسرے اُستاد کی سرپرستی میں جمال کے والد کی یہ آرزو پوری نہیں ہوسکتی کہ ان کا بیٹا بڑا ہوکر ان کا نام روشن کرے" زرینہ نے کہا"میں بھی جمال کو اتنے اُونچے درجے کا درزی دیکھنا چاہتی ہوں کہ لوگ اس کا کام دیکھ کر عش عش کر اُٹھیں اور کہیں کہ یہ مولوی مصطفےٰ کا شاگرد اور مرحوم اعجاز علی کا بیٹا ہے۔ کیا آپ مجھے مایوس کردیں گے؟"

"ہر سال شاہی پوشاک سینے کے وقت اعجاز علی سے میرا بہت سخت مقابلہ رہتا تھا۔ اس کے باوجود ہم دونوں ایک دوسرے کی عزت کرتے تھے۔ اب اگر میں نے آپ سے مزید انکار کیا تو لوگ یہ کہہ سکتے ہیں کہ مرحوم اعجاز علی کو اپنا حریف سمجھ کر میں نے ان کے بیٹے کو ترقی کی راہ پر آگے بڑھنے کا موقع نہیں دیا۔ اس لئے میں جمال کو اپنی شاگردی میں لینا قبول کرتا ہوں۔"

"مولوی صاحب آپ نہ صرف عظیم فن کار بلکہ عظیم انسان بھی ہیں۔" زرینہ نے خوشی سے بھرائی ہوئی آواز میں کہا۔

"اس مہربانی کے بدلے میں آپ کیا نذرانہ قبول کریں گے؟"

"نذرانے کی آپ فکر نہ کیجئے۔ کل صبح جمال کو میرے پاس بھیج دیجئے گا۔"

زرینہ نے مولوی صاحب کا شکریہ ادا کیا اور جمال کے ساتھ گھر لوٹ آئی۔

دوسرے دن سے جمال کو مولوی مصطفیٰ نے اپنے ساتھ کام پر لگالیا۔ جمال صبح کی پہلی کرن کے ساتھ مولوی صاحب کے مکان پر پہنچ جاتا اور ان کی ہدایت کے مطابق کام کرنے لگتا۔ سلائی تو اسے پہلے ہی آتی تھی، مولوی مصطفیٰ کی شاگردی میں اس کے کام میں نکھار آنے لگا۔ کپڑے کی سلیقے سے کاٹ چھانٹ کرنا، مختلف طرح کے کپڑوں پر مختلف طرح سے سلائی کرنا اور دوسری بہت سی باریکیوں کے بارے میں مولوی صاحب نے جمال کو سکھانا شروع کیا۔ مولوی مصطفیٰ جیسے باکمال اُستاد کی تعلیم اور خود جمال کی لگن کا نتیجہ یہ نکلا کہ بہت جلد جمال کے ہاتھ میں وہ حسن پیدا ہونے لگا۔ جو ایک اچھے درزی کے ہاتھ میں ہونا چاہئے۔

جمال مولوی صاحب سے سلائی کا ہنر بھی سیکھ رہا تھا اور ساتھ ہی پوری طرح ان کی خدمت میں بھی لگا ہوا تھا۔ سلائی کے علاوہ اگر مولوی صاحب اس سے کسی دوسرے کام کے لئے کہتے تو وہ بڑی جاں فشانی سے ان کے حکم کی تعمیل کرتا۔ مولوی صاحب اس کی سعادت مندی سے بہت خوش تھے۔ مولوی صاحب کی لوالادوں میں تین لڑکیاں تھیں جن کی شادی ہو چکی تھی۔ گھر میں صرف مولوی صاحب کی بیوی تھیں۔ جمال ان کی بھی بہت عزّت کرتا تھا۔ اس لئے وہ بھی جمال کو دعائیں دیتی رہتی تھیں۔

کئی سال کی محنت کے بعد جمال ایک عمدہ کاری گر بن گیا۔ کبھی کبھی اس کے سلے ہوئے کپڑے کی خوب صورتی کو دیکھ کر مولوی صاحب کے مونہہ سے بھی تعریفی کلمات نکل جاتے تھے۔

جب جمال سترہ سال کی عمر کو پہنچا تو مولوی صاحب نے اس کی ماں زرینہ کو بلا کر کہا "ایک اُستاد کو اپنے شاگرد کو جو کچھ سکھانا چاہئے۔ میں نے جمال کو سکھادیا ہے۔ اب یہ خود جتنی مشق کرے گا اتنا ہی کام یاب ہوگا۔ آج سے میں اجازت دیتا ہوں کہ یہ مجھ سے الگ ہو کر کام شروع کرے۔ میری دعا ہے کہ خدا اسے وہ مرتبہ عطا کرے جو اس کے والد کو حاصل تھا۔"

"مولوی صاحب میں آپ کا احسان کبھی نہیں بھول سکتی۔" زرینہ بولی۔ "

آپ نے جمال کے لئے اتنی محنت کی اور کوئی محنتانہ بھی نہیں لیا۔ میں نے پہلے بھی پوچھا تھا اور آج پھر کہہ رہی ہوں کہ آپ جو معاوضہ بتائیں میں ادا کرنے کو تیار ہوں۔"

"سب سے بڑا درزی بننے کے بعد بھی اگر جمال کے اندر گھمنڈ نہیں پیدا ہوا اور یہ اپنے ہم پیشہ ساتھیوں کی عزت کرتا رہا تو یہی میرا سب سے بڑا انعام ہو گا اور میں سمجھوں گا کہ میری محنت وصول ہو گئی۔" مولوی صاحب نے کہا۔

"خدا جمال کو آپ کی نصیحت پر عمل کرنے کی توفیق دے۔" زرینہ نے جواب دیا۔

اگلے روز سے جمال نے اپنے گھر پر سلائی کا کام شروع کر دیا۔ مرحوم اعجاز علی کے بیٹے اور مولوی مصطفےٰ کے شاگرد کی حیثیت سے اس کی شہرت پہلے ہی پھیل چکی تھی۔ جب اس کے مولوی مصطفےٰ سے الگ ہو کر کام کرنے کی خبر پھیلی تو لوگ اپنے کپڑے لے کر اس کے پاس آنے لگے۔ جو بھی اس سے کپڑے سلواتا اس کی کاری گری دیکھ کر مبہوت رہ جاتا۔ بہت جلد ریاست میں اس کی قابلیت کی دھوم مچ گئی۔

جمال نے اپنے سر پر دوہری ذمے داری لے رکھی تھی۔ وہ اپنے کاروبار کو چمکانے میں بھی مصروف تھا اور روز ایک بار مولوی مصطفےٰ کے گھر پر بھی حاضری دیا کرتا تھا۔ وہ مولوی صاحب کے بہت سے گھریلو کام نمٹا دیا کرتا تھا۔ مولوی صاحب اور ان کی بیوی اس کی ترقی سے بہت خوش تھے۔

درزیوں کے شاہی مقابلے کا وقت آ گیا۔ لیکن مقابلے کے سلسلے میں نہ تو جمال نے مولوی مصطفےٰ سے کوئی رائے مانگی اور نہ مولوی صاحب نے اس سے کچھ کہا۔ پچھلے چار پانچ سال میں ہر بار اکیلے مولوی صاحب کی سی ہوئی شاہی پوشاک کو ہی پہلا انعام ملا تھا۔ جمال کے والد اعجاز علی کے بعد مولوی صاحب کا کوئی ثانی نہیں رہ گیا تھا۔ لیکن اس بار عام طور سے لوگوں کا خیال تھا کہ جمال کی سی ہوئی شاہی پوشاک ضرور مولوی صاحب کی پوشاک سے ٹکر لے گی۔ حالانکہ اس سے پہلے بھی ہر مقابلے میں مولوی

مصطفےٰ اور اعجاز علی کے بے شمار شاگرد حصہ لیتے رہے تھے، لیکن ان میں سے کسی کے کام میں بھی وہ ندرت نہیں پائی جاتی تھی جو جمال کے کام میں تھی۔ اسی وجہ سے لوگ سمجھ رہے تھے کہ اس بار کے شاہی مقابلے میں شاید جمال وہ جگہ حاصل کرلے جو اس کے والد نے چھوڑی تھی۔ لیکن لوگوں کو مایوسی کے ساتھ ساتھ بڑی حیرت ہوئی جب جمال نے مقابلے میں حصہ نہیں لیا۔ مقابلہ ہوا اور مولوی مصطفےٰ کو ایک بار پھر ریاست کا بہترین درزی چن لیا گیا۔

جب سے جمال مولوی مصطفےٰ کی شاگردی میں آیا تھا، تب سے ہر سال شاہی مقابلے کے نتیجے کا اعلان ہونے کے بعد زرینہ مولوی صاحب کو ان کی کامیابی پر مبارک باد دینے ضرور جاتی تھی۔ اس بار بھی وہ جمال کے ساتھ ان کے گھر پہنچی۔

مولوی صاحب نے اس کا شکریہ ادا کرنے کے بعد جمال سے کہا" اس بار شاہی مقابلے کے بارے میں، میں نے تم سے کوئی بات نہیں کی تھی، کیوں کہ مجھے امید تھی کہ تم اس مقابلے میں حصہ لے کر اپنے والد کی جگہ حاصل کرنے کی کوشش ضرور کروگے۔ تم نے مقابلے میں حصہ کیوں نہیں لیا؟"

"مولوی صاحب میں آپ کا ایک ادنیٰ شاگرد ہوں۔ میں کسی ایسے مقابلے میں شریک ہوکر آپ کی توہین نہیں کرسکتا جس میں آپ حصہ لے رہے ہوں۔" جمال نے سر جھکا کر کہا۔

"لیکن اس مقابلے کو جیت کر تم اپنے والد کا وہ خواب پورا کرسکتے تھے جو وہ تمہارے بارے میں دیکھا کرتے تھے۔" مولوی صاحب نے کہا۔

"شاگرد اُستاد سے کبھی نہیں جیت سکتا۔ اور پھر میری نظر میں اپنے والد کا خواب اُستاد کی عزت سے بڑھ کر نہیں ہے" جمال نے مضبوط آواز میں کہا۔ "میرے لئے یہی بہت فخر کی بات ہے کہ میں ایک ایسے اُستاد کا شاگرد ہوں جسے آج تک کوئی شکست نہیں دے سکا۔"

"جیتے رہو بیٹے۔ ہمیشہ خوش رہو۔" مولوی صاحب نے بے ساختہ جمال کو گلے لگالیا۔" تم سے پہلے میرے سارے شاگرد مجھ سے الگ ہونے کے بعد اس اُمید پر بڑی

پابندی کے ساتھ شاہی مقابلے میں حصہ لینے لگے تھے کہ شاید کبھی ان کی سی ہوئی پوشاک مجھ سے بہتر نکل جائے۔ لیکن تم نے اس لالچ کو اپنے قریب نہیں آنے دیا۔ تم واقعی میرے سچے شاگرد ہو۔ میں تم پر جتنا بھی ناز کروں کم ہے۔"

"مولوی صاحب، یہ آپ کی تربیت کا ہی اثر ہے کہ آج جمال نے آپ کے دل میں گھر کرلیا ہے۔" زرینہ نے کہا "خدا کرے اسے ہمیشہ آپ کی عنایت حاصل رہے۔"

"آپ میرا ممنونانہ ادا کرنا چاہتی تھیں۔" مولوی صاحب نے زرینہ سے کہا "آج جمال کی لیاقت نے وہ قرض چکا دیا۔ میں اسے اپنا جانشین بناؤں گا۔ اگلے سال سے میں شاہی مقابلے میں حصہ نہیں لوں گا۔ میری جگہ جمال اس مقابلے میں شریک ہو کر کام یابی حاصل کرے گا۔"

"آپ میرے لئے اتنی بڑی قربانی نہ دیں۔" جمال نے ادب سے کہا۔ "شاہی اعزاز پانے کا حق صرف آپ جیسے کامل اُستاد کو پہنچتا ہے۔"

"بیٹے اب میں بُوڑھا ہو گیا ہوں۔ زندگی کبھی بھی ساتھ چھوڑ سکتی ہے۔" مولوی صاحب نے بڑی محبت سے کہا "میں چاہتا ہوں کہ تمہاری کام یابی جسے تمہارے والد جیتے جی نہیں دیکھ سکے، میں اپنی آنکھوں سے دیکھ لوں۔ تم روزانہ تھوڑی دیر کے لئے میرے پاس آجایا کرو تاکہ میں تمہیں جلد سے جلد سلائی کے فن کی وہ باریکیاں سمجھادوں جنہیں تم خود برسوں کی مشق کے بعد سیکھ پاؤ گے۔"

"آپ کا حکم سر آنکھوں پر"۔ جمال نے کہا۔ "میں صبح صبح حاضر ہو جایا کروں گا۔"

ایک سال پلک جھپکتے گزر گیا۔ شاہی مقابلے کا وقت آپہنچا۔ یہ خبر ریاست میں پہلے ہی پھیل چکی تھی کہ اس بار مولوی مصطفےٰ ضعیفی کے باعث مقابلے میں حصہ نہیں لیں گے۔ اس خبر سے مقابلے میں شامل ہونے والے درزیوں میں خوشی کی لہر دوڑ گئی تھی۔ ان میں سے ہر ایک کو امید ہو چلی تھی کہ اس بار اُسی کی سی ہوئی شاہی پوشاک کو پہلا درجہ ملے گا۔ لیکن ان کی یہ خوش فہمی صرف اس وقت تک برقرار رہی جب تک کہ شاہی دربار میں مقابلے کا نتیجہ نہیں سنایا گیا۔

جمال نے بھی اپنے اُستاد مولوی مصطفیٰ کی حوصلہ افزائی پر مقابلے میں حصہ لیا تھا اور انتخاب کرنے والے حاکموں نے بغیر کسی جھجک کے اس کی تیار کی ہوئی شاہی پوشاک کو بہترین قرار دے دیا تھا۔

بادشاہ کی طرف سے انعام و اکرام اور شاہی درزی، کا خطاب پاکر جمال نے کہا "اُستاد کی دُعاؤں اور شفقتوں نے مجھے کام یابی عطا کی۔"

نتیجہ سُن کر مولوی مصطفیٰ نے کہا "عزت اسے ملتی ہے جو دُوسروں کی عزت کرتا ہے۔ میں نے زندگی میں کسی سے شکست نہیں کھائی، لیکن ایک شاگرد کی فرماں برداری نے مجھے جیت لیا۔"

(۱۹۸۲)

چوری چوری

منیر پینتالیس برس کا ایک تندرست آدمی تھا۔ صدر بازار میں اس کی کرانے کی دوکان تھی۔ آمدنی اچھی تھی، لیکن منیر کی طبیعت میں لالچ بھرا ہوا تھا۔ اپنے فائدے کے لئے وہ گاہکوں کو دھوکا بھی دے لیتا تھا۔

منیر کی بیوی زبیدہ معمولی پڑھی لکھی، نیک عورت تھی۔ وہ اکثر منیر کو سمجھاتی کہ انسان کو اپنی روزی ایمان داری سے کمانا چاہئے۔ بے ایمانی سے حاصل کیا ہوا پیسہ انسان کو کبھی نہ کبھی نقصان کو ضرور پہنچاتا ہے۔ منیر زبیدہ کی باتیں سن سن کر کبھی جھنجھلاتا اور کبھی ہنس کر ٹال جاتا۔ منیر کا ایک لڑکا بھی تھا۔ جو لکھنؤ میں ڈاکٹری پڑھ رہا تھا۔ ایک روز شام کے سوا آٹھ بجے تھے۔ بوندا باندی ہو رہی تھی۔ منیر دوکان بند کر کے گھر لوٹ رہا تھا۔ جب وہ اس گلی میں داخل ہوا جس میں اس کا مکان تھا تو چند قدم چلنے کے بعد اندھیرے میں اس کا پاؤں کسی نرم چیز پر پڑ گیا۔ منیر نے پاؤں پیچھے ہٹا لیا۔ پھر اس نے اپنی جیب میں سے ماچس نکالی اور زمین کی طرف جھک کر ماچس کو اپنے سینے کے نیچے لا کر اس طرح جلایا کہ بارش کا پانی تیلی پر نہ پڑنے۔ تیلی ایک لمحے کو جل کر بجھ گئی۔ لیکن اس ایک لمحے میں ہی منیر نے دیکھ لیا کہ اس کا پاؤں جس چیز پر پڑا تھا، وہ کالے رنگ کا ایک بٹوا تھا۔ گلی سنسان پڑی تھی۔ منیر نے پھرتی سے بٹوا اٹھا کر

اپنی پتلون کی جیب میں رکھا اور تیز تیز قدموں سے گھر کی طرف بڑھ گیا۔

مکان کا دروازہ اندر سے بند تھا۔ منیر نے دستک دی۔ زبیدہ نے دروازہ کھولا۔ منیر اندر داخل ہوا تو زبیدہ نے دروازہ دوبارہ بند کر لیا۔ منیر اور زبیدہ کمرے میں پہنچے ۔ یہاں بجلی کا بلب جل رہا تھا۔

" چھتری لے کر گھر سے نکلا کیجئے۔ اس طرح بھیگنے سے بیمار بھی پڑ سکتے ہیں۔" زبیدہ نے کہا۔

"آئندہ دھیان رکھوں گا۔" منیر نے جواب دیا" عشا کی نماز کا وقت ہو گیا ہے۔ وضو کے لئے پانی رکھ دو۔ تب تک میں کپڑے بدلتا ہوں۔"

زبیدہ کمرے سے نکل گئی۔ منیر نے پتلون کی جیب میں سے وہ بٹوا نکالا جو اسے گلی میں پڑا ہوا ملا تھا۔ اس نے بٹوے کو کھولا تو اسے بٹوے کے اندر نوٹوں کی جھلک دکھائی دی۔ اس نے جلدی سے بٹوا بند کر کے پتلون کی جیب میں رکھ لیا اور کسی ایسی جگہ کی تلاش میں ادھر ادھر نظر دوڑانے لگا جہاں بٹوا چھپا سکے۔ اگر زبیدہ کو بٹوے کی بھنک مل جاتی تو وہ اسے مجبور کرتی کہ بٹوے کے مالک کا پتہ لگا کر بٹوا اسے واپس کر دیا جائے۔ لیکن منیر اس مال غنیمت کو اتنی آسانی سے چھوڑنے والا نہیں تھا۔

کمرے میں سونے کے لئے دو پلنگ پڑے ہوئے تھے۔ ایک طرف کچھ صندوق رکھے تھے اور ایک کونے میں ایک الماری کھڑی تھی۔ صندوق یا الماری میں بٹوا رکھ کر اسے زبیدہ کی نظر سے نہیں چھپایا جا سکتا تھا۔ ابھی منیر بٹوا چھپانے کے لئے کوئی جگہ نہیں کھوج سکا تھا کہ زبیدہ کمرے میں واپس آگئی۔

" آپ نے ابھی تک کپڑے نہیں بدلے ؟" زبیدہ بولی" مسجد میں اذان ہو گئی ہے۔"

"اچھا اچھا، تم باہر چلو۔ میں آتا ہوں۔" منیر نے ہڑبڑا کر کہا۔

زبیدہ نے حیرت سے منیر کی گھبراہٹ کو دیکھا، پھر خاموشی سے باہر چلی گئی۔ منیر نے تیزی سے ایک پلنگ کے پاس جاکر اس پر بچھا ہوا بستر الٹ دیا۔ پلنگ نواڑ سے

بنا ہوا تھا۔ منیر نے نواڑ کو ادھر ادھر کر کے، جیب میں سے بٹوا نکال کر نواڑ کے اندر ڈال دیا اور جلدی جلدی نواڑ کو درست کر کے پلنگ پر بستر بچھا دیا۔ اس کام سے نمٹ کر اس نے اطمینان کی سانس لی۔ اب زبیدہ بٹوے کو نہیں دیکھ سکتی تھی۔ کپڑے بدل کر وہ دالان میں پہنچا۔ زبیدہ یہاں موجود تھی۔ منیر نے وضو کیا۔ پھر ٹوپی پہن کر اور چھتری لے کر مکان سے باہر نکل آیا۔ محلّے کی مسجد میں پہنچا تو بہت سے نمازی سنتیں پڑھنے میں مصروف تھے۔ منیر نے بھی سنتیں پڑھیں۔ تھوڑی دیر کے بعد ماسٹر عنایت علی صاحب نے فرض پڑھائے۔

نماز کی تکمیل کے بعد منیر مسجد کے اندرونی حصّے سے دالان میں نکلا تو وہاں کچھ نمازی، نماز پڑھنے کے بعد اونچی آواز میں باتیں کر رہے تھے۔ یہ سب محلّے کے لوگ تھے۔ منیر بھی ان کے پاس رک گیا۔ ان لوگوں سے منیر کو پتہ چلا کہ مغرب کے بعد ماسٹر عنایت علی صاحب اپنے بیٹے کو بھیجنے کے لئے کچھ سامان خریدنے بازار گئے تھے، لیکن ان کے بازار پہنچنے سے پہلے ہی بارش ہونے لگی اور وہ اس دوکان تک پہنچ سکے جہاں سے انھیں سامان خریدنا تھا۔ خریداری اگلے روز پر ٹال کر وہ گھر لوٹ آئے۔ لیکن گھر پہنچنے سے پہلے راستے میں کسی جگہ ان کا بٹوا گر گیا۔ بٹوے میں چار سو بارہ روپے تھے۔ ماسٹر صاحب ایک بار پھر گھر سے نکل کر سارا راستہ دیکھ آئے لیکن بٹوا نہیں ملا۔ لوگوں نے یہ بھی بتایا کہ ماسٹر صاحب کا بٹوا کالے رنگ کا تھا۔ منیر سمجھ گیا کہ ماسٹر صاحب کا بٹوا ہی اسے گلی میں پڑا ہوا ملا تھا۔ لیکن وہ کچھ بولا نہیں۔ خاموشی سے دوسرے لوگوں کی باتیں سنتا رہا۔

تھوڑی دیر کے بعد ماسٹر صاحب اور باقی نمازی بھی نماز پڑھ کر دالان میں آ گئے۔ سب کے ساتھ منیر نے بھی ماسٹر صاحب کا بٹوا گم ہو جانے پر افسوس ظاہر کیا۔ نمازی مسجد سے باہر نکلے تو منیر نے اپنے گھر کی راہ لی۔ راستے میں اس کا دماغ ماسٹر صاحب اور ان کے بٹوے میں الجھا رہا۔ ماسٹر صاحب منیر کے گھر سے تھوڑے فاصلے پر رہتے تھے۔ ان کی عمر پچاس کے لگ بھگ تھی۔ وہ بڑے شریف انسان تھے۔ ان کے گھر میں بیوی اور بیٹے کے علاوہ دو بیٹیاں بھی تھیں۔ لڑکا علی گڑھ میں انجینئرنگ کی

تعلیم حاصل کر رہا تھا اور لڑکیاں مقامی کالج میں پڑھ رہی تھیں۔ منیر جانتا تھا کہ ماسٹر صاحب بڑی مشکل سے اپنی گرہستی کا بوجھ اٹھا رہے ہیں لیکن اسے یہ خیال نہیں آیا کہ اسے ماسٹر صاحب کا بٹوا لوٹا دینا چاہئے۔

منیر گھر پہنچا تو زبیدہ کھانا کمرے میں لے آئی۔ کھانے کے دوران منیر نے زبیدہ کو ماسٹر صاحب کا بٹوا کھو جانے کے بارے میں بتایا۔

"ماسٹر صاحب بڑے بھلے آدمی ہیں۔ خدا کرے ان کا بٹوا مل جائے۔" زبیدہ نے کہا۔

" بٹوے میں چار سو بارہ روپے ہیں۔ جسے ملے گا، وہ کیوں واپس کرنے لگا؟" منیر بولا۔

"اگر خدا سے خوف کھانے والے کسی شخص کے ہاتھ لگا تو وہ اسے ضرور ماسٹر صاحب کے حوالے کر دے گا۔"

منیر نے زبیدہ کی بات کا جواب نہیں دیا۔ کھانے کے بعد تھوڑی دیر تک وہ اور زبیدہ باتیں کرتے رہے، پھر دونوں سونے کے لئے لیٹ گئے۔ اچانک منیر کو خیال آیا کہ اس نے جلدی میں بٹوا زبیدہ کے پلنگ میں چھپا دیا تھا۔ لیکن اس بات سے اسے زیادہ پریشانی نہیں ہوئی۔ بٹوے کے بارے میں زبیدہ کو پتہ نہیں چل سکتا تھا۔ پہلے منیر نے سوچا تھا کہ صبح کو دوکان جاتے وقت بٹوا نکال کر لے جائے گا اور بٹوے کو کہیں پھینک کر اس میں سے ملنے والی رقم کو دوکان میں کھپا دے گا۔ لیکن یہ معلوم ہونے کے بعد کہ وہ بٹوا ماسٹر صاحب کا ہے، اس نے جلد بازی سے کام لینے کا ارادہ ختم کر کے فیصلہ کیا کہ چند روز تک بٹوے کو گھر میں ہی رہنے دے گا۔ ہاں، ضرورت پڑنے پر اسے کسی دوسری جگہ ضرور چھپا دے گا۔

دل ہی دل میں چار سو بارہ روپے کا خرچ سوچتے سوچتے منیر سو گیا۔ فجر کے وقت سو کر اٹھا تو آسمان صاف ہو چکا تھا۔ اس روز دوکان جانے سے پہلے جب منیر

تھوڑی دیر کے لئے کمرے میں اکیلا رہ گیا تو اس نے ماسٹر صاحب کا بٹوا زبیدہ کے پلنگ میں سے نکال کر اپنے پلنگ کی نواڑ میں چھپا دیا۔ اس دن دوکان پر کام کرتے ہوئے بار بار منیر کو بٹوے کا دھیان آتا رہا۔ شام کو وقت سے کچھ پہلے ہی وہ دوکان بند کر کے گھر چلا آیا۔

"آج آپ دوکان سے جلدی کیسے آ گئے؟" کمرے میں پہنچ کر زبیدہ نے پوچھا۔

"دوکان داری ہلکی تھی، اس لئے چلا آیا" منیر نے جواب دیا۔

"آپ نے سنا، ماسٹر صاحب کا بٹوا مل گیا!" زبیدہ نے پوچھا۔

"بٹوا مل گیا؟ کب؟ کیسے؟" منیر تعجب میں پڑ گیا۔

"آج آپ کے جانے کے بعد میں نے سوچا کہ ماسٹر صاحب کی بیوی سے ماسٹر صاحب کے بٹوے کے بارے میں پوچھ آوں۔ برقع پہن کر میں ان کے گھر جا رہی تھی کہ راستے میں ایک جگہ کوڑے کے ڈھیر میں مجھے کالے رنگ کا ایک بٹوا دکھائی دیا۔ میں نے بٹوا اٹھا کر برقع کے اندر کر کے کھولا تو اس میں پورے چار سو بارہ روپے موجود تھے۔ میں سمجھ گئی کہ وہی ماسٹر صاحب کا بٹوا ہے۔ میں ماسٹر صاحب کے یہاں گئی اور ساری بات بتا کر بٹوا ان کی بیوی کو دے دیا۔ ماسٹر صاحب بھی گھر پر تھے۔ بٹوا مل جانے سے وہ اور ان کے گھر والے بہت خوش ہوئے۔"

زبیدہ کی بات سن کر منیر کا سر چکرانے لگا۔ اسے خیال گزرا کہ زبیدہ کو کوئی اور بٹوا پڑا ہوا ملا ہوگا اور وہ اسے ماسٹر صاحب کے گھر دے آئی ہوگی۔ لیکن فوراً ہی اسے یہ خیال فضول معلوم ہوا۔ ماسٹر صاحب کسی دوسرے کا بٹوا ہرگز قبول نہ کرتے اور پھر اس دوسرے بٹوے میں سے بھی چار سو بارہ روپے نکلنا تو بالکل جیسے جادو کا کارنامہ تھا۔

اچانک منیر کے دماغ میں کوندا سا لپکا۔ اس نے سوچا کہ ضرور زبیدہ نے اسے ماسٹر صاحب کا بٹوا پلنگ میں چھپاتے ہوئے دیکھ لیا ہوگا اور وہی بٹوا نکال کر ماسٹر صاحب کے گھر لے گئی ہوگی اور یہ کہہ کر اسے ماسٹر صاحب کی بیوی کو دے دیا ہوگا کہ بٹوا اسے کوڑے کے ڈھیر میں پڑا ہوا ملا ہے۔ اس خیال کے آتے ہی منیر پلنگ کی نواڑ

کی تلاشی لینے کے لئے بے چین ہو گیا۔ جیسے ہی زبیدہ کمرے سے باہر گئی، منیر نے جلدی جلدی پلنگ میں دیکھ ڈالا' لیکن بے کار۔ بٹوا غائب تھا۔ منیر کی حالت عجیب ہو گئی۔ اسے زبیدہ کی حرکت پر غصہ بھی آیا اور اپنی چوری کھل جانے پر شرمندگی بھی ہوئی۔ زبیدہ پر بٹوے کے بارے میں سختی کرنے کا مطلب تھا کہ وہ زبیدہ کے سامنے اپنی چوری کا اعتراف کر لیتا۔ لیکن ایسا کرنے کے بعد تو زبیدہ اس پر نصیحتوں کی بوچھار کر دیتی۔ منیر فیصلہ نہیں کر سکا کہ اسے کیا کرنا چاہئے۔

تھوڑی دیر کے بعد مسجد میں اذان ہوئی تو منیر نماز پڑھنے کے لئے چلا گیا۔ ماسٹر صاحب نے نمازیوں کو اپنا بٹوا مل جانے کے بارے میں بتا دیا تھا۔ سب نے منیر کی بیوی کے ساتھ ساتھ منیر کی بھی خوب تعریف کی۔ منیر کو جواب میں کہنا پڑا کہ جو کچھ اس کی بیوی نے کیا وہ اس کا فرض تھا اور ماسٹر صاحب کا بٹوا مل جانے سے وہ بھی خوش ہے۔

منیر مسجد سے گھر آیا تو زبیدہ نے کھانا لگا دیا۔ منیر بے دلی سے کھانے کے لئے بیٹھ گیا۔

"آپ کچھ پریشان دکھائی دے رہے ہیں۔ کیا بات ہے؟" زبیدہ بولی۔

"زبیدہ تم نے بٹوے کے سلسلے میں مجھے دھوکا کیوں دیا؟" آخر منیر سے ضبط نہ ہو سکا اور اس نے پوچھ ہی لیا۔

"میں نے ماسٹر صاحب کا بٹوا اس لئے واپس کر دیا کہ آپ کی عزت پر کوئی آنچ نہ آئے۔ اگر بٹوا واپس نہ کیا جاتا اور آئندہ کبھی اس کے بارے میں حقیقت ظاہر ہو جاتی تو آپ کی کیسی بدنامی ہوتی اور اس سے ہمارے بیٹے کے مستقبل پر کتنا برا اثر پڑتا۔" زبیدہ نے دھیمی آواز میں کہا۔ "میں آپ کو ایک سچا واقعہ سناتی ہوں۔ ایک شخص نے اپنے دوست کو دھوکا دے کر اس کی کچھ رقم ہتھیالی اور اس رقم سے کاروبار شروع کر دیا۔ کاروبار چمک گیا۔ وہ شخص روپوں میں کھیلنے لگا۔ دس برس گزر گئے۔ ایک دن اس

شخص نے کسی ضرورت سے پندرہ ہزار روپے گھر لا کر تجوری میں بند کر دیے۔ جب وہ گھر سے چلا گیا اور گھر کے دوسرے لوگ اپنے اپنے کاموں میں لگ گئے تو اس شخص کے جوان بیٹے نے، جو بری صحبت میں پڑ کر بگڑ گیا تھا، تجوری کا تالا توڑ ڈالا اور سارے روپے لے کر فرار ہو گیا۔ اس شخص کو پتہ چلا تو بہت دیر ہو چکی تھی۔ بھاگ دوڑ کے باوجود اس کے بیٹے کا پتہ نہ چلا۔ آخر ایک ہفتے کے بعد اس کے بیٹے کی لاش ایک دوسرے شہر میں پائی گئی۔ کچھ غنڈوں نے دولت کے لالچ میں اسے قتل کر دیا تھا۔ کوئی مانے یا نہ مانے لیکن میرا یقین ہے کہ اس شخص کو اتنی بڑی سزا صرف اس بات پر ملی کہ اس نے اپنے کاروبار کی بنیاد ناجائز پیسے پر رکھی تھی۔"

منیر کچھ نہ بولا۔ آہستہ آہستہ اس کا دماغ ٹھنڈا ہوتا جا رہا تھا اور ساری اونچ نیچ اس کی سمجھ میں آنے لگی تھی۔

"کیا آپ بھی یہی سوچ رہے ہیں کہ میں نے ماسٹر صاحب کا بٹوا ان تک پہنچا کر غلطی کی ہے؟" زبیدہ نے پوچھا۔

"نہیں، ماسٹر صاحب کا بٹوا لوٹا کر تم نے واقعی ایک اچھا کام کیا ہے۔ ہم اپنی محنت کی کمائی میں بے ایمانی کی رقم ملا کر اپنے راستے میں کانٹے تو اگا سکتے ہیں، پھول نہیں کھلا سکتے۔"

منیر کی بات سن کر زبیدہ کا چہرہ پھول کی طرح کھل اٹھا۔

(۱۹۷۸)